만복의 근원

박문진 수필집

청어

만복의 근원

박문진 수필집

발행처·도서출판 **청어**
발행인·이영철
영 업·이동호
홍 보·최윤영
기 획·천성래 | 이용희
편 집·방세화
디자인·김바라 | 서경아
제작부장·공병한
인 쇄·두리터

등 록·1999년 5월 3일
(제321-3210000251001999000063호)

1판 1쇄 인쇄·2016년 7월 20일
1판 1쇄 발행·2016년 7월 30일

주소·서울특별시 서초구 효령로55길 45-8
대표전화·586-0477
팩시밀리·586-0478

홈페이지·www.chungeobook.com
E-mail·ppi20@hanmail.net
ISBN·979-11-5860-424-0(03810)

이 도서의 국립중앙도서관 출판시도서목록(CIP)은 서지정보유통지원시스템 홈페이지
(http://seoji.nl.go.kr)와 국가자료공동목록시스템(http://www.nl.go.kr/kolisnet)에서
이용하실 수 있습니다.(CIP제어번호: CIP2016015494)

만복의 근원

책을 내면서

호기심이 많은 나는 어릴 때 어머니나 언니를 따라다니기 좋아했다. 오지 못하게 하여도 기를 쓰고 따라간 건 집에 항상 있는 일상보다는 새로운 놀이, 새로운 이야기들이 신기해서였다.

그런데 내가 아홉 살 때 야학에서 한글을 배운 후에는 어머니나 언니를 따라다니지 않았다. 글을 알고 책을 볼 수 있게 된 뒤부터는 어머니나 언니를 따라다니는 것보다 몇 배나 더 재미있고 신기한 이야기들을 접할 수 있었기 때문이다. 그때부터 내내 틈만 나면 책을 보았고 결혼 후에도 집안 살림 외에는 다른 일은 전혀 안 하고 오직 책만 읽었다.

그러던 어느 날 루소의 책을 만나게 되었고, 그도 나처럼 무학자인데 글을 써서 책을 낸 것을 보고는 나도 글을 쓸 수 있다는 희망을 품게 되었다. 그전까지 나는 글은 학력이 높은 사람만 쓰는 줄 알았다.

그날 이후 나는 필을 들어 글을 쓰면서 광주 향교에 나가 사서삼경을 배우기 시작했고 문예창작수업을 받으며 온 힘을 다해 노력했더니, 등단이라는 영광도 누릴 수 있게 되었다.

그런데 이상한 것은 등단 후에도 많은 글을 썼는데, 내가 진짜 하고 싶은 말이 잘 써지지 않는 것이었다. 필을 든 지 20년이 넘도록 내가 반드시 해야 할 말이 있는 거 같은데 생각이 나지 않는 기분이었다. 써야만 할 거 같은 그 글을 쓰기 전에는 다른 아무 일도 할 수 없을 거 같았다.

머리가 무겁고 가슴이 답답했다. 글쓰기를 잠시 멈추고 국선도를 배우고 조계사 선원을 다니며 참선을 하기 시작했다. 참선한 지 일 년쯤 되었을 때 다른 사람에 대한 원망이나 분노가 없어지더니 마음이 아주 편안해졌다. 「만복의 근원」, 「한 집안의 흥망성쇠」, 「악순환」, 「성품과 소질은 만들어진다」, 「지옥 가지 말기를」이 참선 후에 쓴 글이다. 이제는 내가 해야 할 말을 다 쓴 것처럼 마음이 후련하고 편안하다.

끝으로 서툰 국어 실력에, 서툰 문장이나마 그래도 책으로 펴내 주신 청어출판사 사장님과 편집부 선생님들께 진심으로 감사드린다.

백문진

차례

만복의 근원

사람이 올바르고 성실하게 살지 않고 게을러서 일도 않고 때 없이 술에 취하고 도박하고 바람둥이로 전전하면서 부부간에 불화하고 형제간에 우애도 못하고 심하면 살인, 강도, 도둑질 등 온갖 나쁜 짓만 하고 살면, 그 부모는 자식 잘못 낳은 죄책감에 속이 타서 재가 된다.

옛말에 '석탄, 백탄 타는 데는 연기가 나와도, 사람 속 타는 데는 연기가 나지 않는다'고 한다. 그것은 사람들이 잘 몰라서 하는 소리다. 다만 그 입자들이 공기와 흡사

해서 우리 육안으로는 보이지 않을 뿐, 사람 속 타는 데에도 반드시 연기가 있다.

그 연기는 보통 사물이 타서 나는 연기와는 달리 아주 더럽고 추하며 냄새도 너무 지독하게 난다. 그것은 인체를 구성하고 있는 세포가 보통사람 몸에서는 하루에 대략 10만 개씩 죽고 썩고 또 다시 태어나고 한다는데, 사람이 괴로워서 속을 태우면 체내의 세포들이 갑자기 몇 배가 죽고 썩기 때문이다.

생사의 이치가 먹고 먹히는 순환으로 연속되지만 그것도 다 질서가 있는 것인데, 화를 때 없이 불쑥불쑥 내서 인체의 세포들이 갑자기 억지로 많은 양이 상하면 혈류가 막히고 혈액순환이 순조롭지 못하여 나쁜 병균이 발생해서 건강을 해치고 냄새도 독하게 난다.

사람이 원한이 많아서 늘 화를 발산하면 독한 냄새와 음산한 기운이 서리고 이런 집은 공연히 기분이 나빠서 가족 간에도 서로 다투고 따라서 되는 일이 없다. 그래서 옛 성현들이 효도와 화목을 누누이 강조하신 것이다.

　사람을 나무로 비유한다면 조부모는 뿌리이고, 부모는 몸통이며, 나는 가지이고, 열매는 자식이다. 만일 나무가 뿌리와 몸통이 성하지 못하면 가지와 열매는 별 볼일 없는 것이다. 사람도 나무와 같아서 부모에게 불효를 하면 부모나 조상이 괴롭고 괴로워서 속을 태우는 나쁜 기운이 나를 통해서 자손에게까지 미치기 때문에 자손이 잘 되지 못한다.

　우주 모든 생명체는 기로 죽고 기로 살기 때문에 기가 살생을 담당하는 원동력이라 해도 과언이 아니다. 사람이 부모나 조상으로부터 나쁜 기운을 받고 태어나고 자라면 뿌리가 썩은 나무에서 열린 열매처럼 온전하게 성장하지 못하고 따라서 잘 살지 못한다. 반대로 좋은 기운을 받고 자라면 성한 나무에서 열린 좋은 열매처럼 심신이 건강하고 올곧아서 잘 살게 된다.

우주의 떠도는 기운도 생기와 사기가 있어 서로 공존하며 휘돌고 그런 기운도 끼리끼리 어울린다는 말처럼 생기는 맑고 상서로운 기운이 피어나는 곳으로 흐르고 사기는 어둡고 음습한 기운이 서리는 곳으로 흐르는데, 이런 사기의 기운을 받은 사람은 우주의 나쁜 기운까지 받기 때문에 불운이 더 가중된다. 세상에 불효자 잘 되는 집 없다는 것도 다 이런 데서 비롯된다.

집안은 항상 부모, 자식, 형제, 부부간에 이해해야 화목이 되고, 화목을 해야 집안 분위기가 맑고 밝아서 상서로운 기운이 서리고, 좋은 기운이 서려야 올바르고 건강한 자손이 태어나고 자라서 성실하게 일하고, 성실하게 살아야 성공과 더불어 복이 오는 것이다.

한 집안의 흥망성쇠

고구려 때에 사람이 늙어서 힘이 쇠약해지고 병이 들면 아직 죽지도 않았는데 묘실에 옮겨두었다가 나중에 죽으면 그곳에 흙을 덮어 장사 지냈는데, 그것을 지금은 일명 고려장이라고 한다. 언제부터인가는 모르지만 지금은 그런 풍습이 법으로 금지되어 있어 얼마나 다행한 일인지 모른다.

그런데 언젠가부터 유난히 여기저기서 자식이 늙은 부모를 학대한다는 말이 많이 들리고, 또 누구는 자기 노모를 외국 여행시킨다고 모시고 나가서 그곳에 그냥 버려두고 왔다는 말이 들리는가 하면, 자기 노모의 재산을 차지하려고 어느 후미진 곳에 모시고 가서 살해했다는 말도 들었다. 이런 말들이 뉴스에서도 보도하는 것을 보면 헛소문만은 아닌 것 같았다.

나는 이 말을 듣고 경악을 금치 못했다. 왜냐면 누구든 버림받은 노모의 처지도 불쌍했지만, 그보다도 자기 선조나 부모는 물론 형제자매까지도 죽여서 아무데나 버리면 그 집안에 크나큰 흉사가 일어날 수 있기 때문이다.

살아있는 생명체는 그 무엇이든 자기 자식을 자신보다 더 소중하게 여기며 애지중지 키운다. 그중에 사람은 다른 동식물과는 달리 아주 오랫동안 자신의 명이 다 할 때까지 오직 자기 자손이 잘 살기를 기원하다가 죽는다.

그런데 그런 자식에게 버림을 당하면 자기가 자식을 사랑한 만큼 화가 나서 속이 타 재가 된다. 사람이 끊임

없이 속을 끓여서 내뱉는 기운은 더럽고 독하기가 무엇과도 비할 수가 없다. 그리고 이렇게 나쁜 기운이 오직 자기 자손만 향해서 가게 된다. 사람에 따라서는 정도의 차이가 있겠지만 자기 부모나 가족에게서 나오는 이런 악취를 받는 사람은 정신이 맑지 못해서 매사에 실패를 한다.

부모를 버릴 만큼 성정이 나쁜 사람은 항상 음산한 기운이 발산되고, 거기다 부모가 화를 내서 내뱉는 기운과 합세를 하면 그 신변이 어둡고 칙칙하기가 이를 데가 없다. 그뿐이 아니다. 우주에는 항상 생기(生氣)와 사기(邪氣)가 공존하며 흐르는데, 끼리끼리 어울리듯 우주에 흐르는 사기까지 가세해서 인체에 해로운 병균도 만들어 내고 따라서 사방 객귀들이 몰려들어 건강을 망치기도 한다. 사람이 건강을 잃으면 전부를 잃는다는 말이 있다. 돈, 명예, 심하면 목숨까지도.

누가 자기 노모를 외국에다 버렸다고 해서 하는 말인데, 외국이 아니라 지구 끝에다 버려도 아무 소용없다. 그것은 부모나 자기 가족들의 마음에서 나오는 기(氣)는 그 어디에다 버려도 없어지지 않고 빛의 속도로 아주 빠르게 자기 유전자에게만 밀려들기 때문이다.

부모가 절반은 효자 노릇해야 자식이 완전한 효자 노릇한다는 말이 있다. 부모가 재산 좀 가지고 얼마나 아니꼽게 했으면 자식이 그런 짓을 했는지 참으로 안타까운 일이다.

사람마다 부모도 잘 살고 자식도 잘 산다면 얼마나 좋은 일이겠는가. 그러나 더러는 부모 대에는 잘 살았어도 자식 대에는 잘 살지 못하는 경우도 있다. 부모가 명운이 너무 크고 강하면, 자식은 자연히 운명이 작을 수밖에 없다. 왜냐하면 자식은 태중에서부터 이제 막 신체구성이 될 즈음에는 전신이 미약하기가 이를 데가 없는데,

이때 운명이 강한 부모에게 기를 빼앗기면 체질 형성이 고르지 못해 갖추어야 할 물질을 다 지니지 못해서 약한 운명으로 태어나게 되는 경우도 있기 때문이다.

자연의 이치가 이러한 것이니 부모 된 사람은 자식이 좀 잘못하는 점이 있더라도 자기가 잘못 낳은 책임을 느끼고, 재산이 없으면 모르되 충분히 있으면 부족한 자식이 평생을 먹고 자고 할 수 있는 대책을 마련해주고 죽는 것도 부모의 의무이며, 그렇게 하고도 여유가 있을 때 남을 돕는 것이 순서일 것이다.

그러지 않고 재산 좀 있다고 꽉 움켜쥐고 앉아서, 타고난 복이 없어 생활이 어려운 자식에게 와서 한다는 말이 '네가 나한테 효도하면 이 재산 주고, 안 하면 한 푼도 안 주고 남 준다'고 약을 올리면 얼마나 기분 나쁘겠는가. 내가 지금까지 살면서 이런 사람을 본 적이 있어서 이 지면에 기록해 본다.

부모와 자식 사이는 물론 형제간에도 마찬가지다. 많은 형제들 중에 하나만 우뚝 잘 사는 집안이 있다. 이런 경우도 부모와 자식 사이처럼 한 사람이 강한 운명을 가지고 다른 형제들의 기를 끌어가기 때문에 운이 약한 형제들은 시달리는 것이다.

모든 생명체는 기로 살고 기로 죽기 때문에 기를 다른 형제에게 빼앗기는 사람은 살기가 무척 어렵다. 한 그루의 나무에서도 양지쪽에 있는 가지는 좋은 시절이라도 만난 듯 쭉쭉 잘 뻗어 크는데, 음지쪽에 있는 가지는 앙상하게 움츠려 잘 크지 못한다. 이렇게 크는 나무는 모양새가 별로이다.

사람도 이와 마찬가지다. 움직이는 동물이라고 해서 체질을 구성하는 물질은 나무와 크게 다르지 않다. 이러니 한 부모의 뱃속에서 나온 형제들은 한 나무에서 뻗어 나온 가지와 같으니 혼자만 우뚝 잘 살지 말고 어려운 형제도 도와서 한편으로만 커서 모양새 없는 나무처럼 되지 말고, 두루두루 고르게 사는 정자나무처럼 살면 좋을 것이다.

자식이나 혈연에게 학대 받고 버림받은 사람들은 원한 맺힌 마음이 너무 커서 죽어서라도 무거운 영혼 되어 천상의 세계로 오르지 못하고 지상에 떠돌면서 복수를 하게 된다. 부모나 형제, 그리고 조상신이 화를 내면 어찌할 도리가 없다. 그래도 객귀는 무당의 힘을 빌려 굿을 해서 떠나보낼 수도 있지만, 조상신은 아무리 굿을 해서 쫓아내어도 떠나가지 않는다.

그것은 유유상종이란 말처럼 자기 유전자인 자손에게만 의지하기 때문이다. 조상신이 자손에게 의지하는 강도는 마치 부모가 자식을 사랑하는 마음처럼 자연히 그렇게 된다. 이것은 비단 사람뿐만이 아니라 유전자가 있는 모든 생명체에게는 다 이런 본능이 있다.

그러기에 작은 풀씨 하나라도 꽃을 피우고 열매를 맺혀 씨를 남긴다. 이렇게 하는 것을 더러는 대를 이어가고 싶은 종족 보존 본능이라고 한다. 이 말을 좀 더 쉽게 설명한다면, 이 지상에서 영원히 살고 싶은 욕망 때문이다. 그래서 살아있는 모든 생명체는 기를 쓰고 종족을 남긴다. 자기 종이 있어야 다시 태어날 수 있기 때문이다.

　그래도 인간은 다른 동식물과는 달리 희로애락(喜怒哀樂)을 다 버리고, 수도를 열심히 해서 도(道)가 트이면 가벼운 넋이 되어 천상의 세계에 오를 수도 있고 자기 종(種)이 없어도 자기가 원하는 곳에 태어날 수 있으니 인간으로 태어난 것을 감사해야 할 것이다.

　누구든 살아계신 부모나 돌아가신 부모의 유골을 아무데나 버려도 안 좋다. 죽은 시체에서 나오는 기운도 좋은 곳에 있는 유골에서는 좋은 기운이 나오고, 나쁜 곳에 있는 유골에서는 나쁜 기운이 나온다. 부모 마음이나 유골에서 나오는 기운은 좋으나 나쁘나 다 자기 유전자인 자손만 향해서 가기 때문에, 부모 마음이나 유골에서 좋은 기운이 나오면 그 집안에 좋은 일이 생기고 나쁜 기운이 나오면 나쁜 일이 생긴다.

그래서 한 집안의 흥망성쇠는 부모의 마음과 유골에서 비롯된다 해도 과언이 아니다. 이러니 누구든 부모님 장사 지낼 때는 좋은 곳에 묘를 쓰는 것이 좋고, 좋은 곳이 없을 경우에는 차라리 화장하는 것이 낫다. 만일 화장을 하게 되면 육탈될 시체와 부식될 유골이 없기 때문에 좋고 나쁜 기운이 나오지도 않고, 따라서 자손에게 피해도 없다. 게다가 요즈음은 땅은 한정되어 있고 인구는 많아서 자손 대대로 어디다 그 많은 묘를 쓸 것인가? 그렇다고 아무 데나 묘를 쓰면 참으로 안 좋다. 이러니 차라리 화장하는 것이 낫다.

내가 이 글 한 편에 차라리 화장하는 것이 낫다는 말을

여러 번 반복하는 것은 부모의 마음이나 유골에서 나오

는 기운은 그 자손에게 막대한 영향을 끼치기 때문이다.

성품과 소질은 만들어진다

사람들은 자기 자식이 못된 짓을 많이 하면 대부분 이렇게 변명을 한다. '자식은 겉을 낳지 속을 낳냐?' 과연 그럴까? 이 말은 사람들이 잘 몰라서 하는 소리다.

인간은 물론 우주의 모든 생명체는 자기 어머니의 태중에서부터 성품이 형성되고 소질도 갖추어진다. 생김새는 유전자 때문에 부모를 닮게 되는데, 성품과 소질은 닮지 않을 수도 있다. 왜냐면 성품과 소질은 임산부의 하루하루 생각과 행동에 의해 만들어지기 때문이다.

모든 생명체의 수정란은 어머니의 자궁에 안착하자마자 자기에게 필요한 세포들을 끌어들이는데, 그때마다 임산부의 간절한 생각이나 행동들이 태아의 가슴이나 뇌리 속에 축적되어 기억된다. 이것은 노랫소리가 기계에 녹음되는 원리와 다르지 않다.

그리고 이렇게 형성된 체질 속에 함축되어 있는 성품과 소질은 태어나면서부터 죽을 때까지 변하지 않는다. 이것은 마치 흙으로 갖가지 모양을 만들어 불에 구워버린 질그릇과 같아서 한 번 형성된 성품과 소질은 자신은 물론 부모도 절대로 고치지 못한다. 그래서 이런 것을 타고난 숙명이라고 한다.

사람들은 대부분 개개인의 성품과 소질을 하늘에서 받은 것이라 하여 천품(天稟)이라고 한다. 그러나 천품이란 단어보다는 태성(胎性)이란 말이 더 적당하다고 본다. 왜냐하면 하늘은 문자 그대로 대공항이어서 사람이나 그 어떠한 생명에게도 성품이나 소질을 부여하지 않고, 대부분 부부의 합작에 의해서 뼈와 체질이 형성되고 임신부나 그 남편의 태교에 의해서 성품과 소질이 각인되기 때문이다.

필자가 이렇게 확신을 가지고 태성이라고 말하는 것은 그만한 근거가 있다. 여자가 결혼을 해서 임신 도중에 누군가를 죽이고 싶도록 증오하면 나중에 그 아이가 태어나서 살인을 하는 경우도 있다. 임신한 부인이 누군가를 심하게 시기하고 질투하면 그 아이의 뇌리 속에 칙칙한 기운이 축적되어 명석한 두뇌를 갖추지 못하여 나중에 태어나서도 미련한 짓만 골라서 한다.

반대로 임신한 사람을 누군가가 심하게 시기하고 질투하면 나중에 그 아기가 태어나서 그 어떠한 형태로든 꼭 복수를 한다. 시집간 딸이 친정집에 서운한 감정이 있어 늘 원망하고 미워하면, 친정이 망하는 자식을 낳고 그 자식도 잘 되지 못한다.

또한 친정 부모나 친정 형제들이 시집간 딸을 시기하고 질투하면 그 딸은 외가가 망하는 자식을 낳고 그 자식도 잘되지 못한다. 심하면 외가가 멸종되는 경우도 있다. 친족이나 같은 혈통 간에는 유전자가 같기 때문에 나쁜 기운이 직통으로 교환하게 되고 서로 간에 아주 해롭게 된다. 이래서 옛 성현들이 친족 간에는 우애와 화목을 각별히 강조하신 것이다.

남남 사이는 유전자가 같지 않아서 아무리 미워하고 시기 질투를 해도 상대방은 받지 않는다. 그리고 오히려 시기 질투하는 사람만 속이 타서 나쁜 기운이 만들어져 자기 체내에만 축적된다. 그리고 그 더럽고 칙칙한 기운은 다른 남한테는 만분의 일도 가지 않고 오직 자기 가슴 속에 쌓여 병이 될 수도 있고 심하면 자기 자손에게 미치게 된다.

부모와 자식은 유전자가 같아서 좋은 기운이나 나쁜 기운이나 부모가 발산하는 기운은 전부 자기 자식들이 받는다. 자식들뿐만 아니라 형제들까지도 받게 된다. 형제들 중에 이런 사람이 하나만 있어도 그 형제들 전부가 피해를 보게 된다. 하여간 어떠한 형태로든 피해를 당하지 그냥 말지는 않는다. 부모, 자식, 형제는 같은 핏줄이여서 시기, 질투, 분노, 증오심에서 나오는 나쁜 기운을 반드시 받게 된다.

　집안에 나쁜 기운을 방출하는 사람이 있으면 우주에 흐르는 나쁜 기운까지 합세해서 그 집안 공기를 칙칙하게 만들고, 집안 공기가 칙칙하면 한 많은 귀신들이 몰려들어 집안을 온통 어지럽게 만든다. 집안 식구들끼리 공연히 싸우고 다투고 정신이 혼미해서 사기를 당하는 수도 있고, 우환이 들끓고 심하면 사고나 자살로 죽는 경우도 있다.

우리나라 속담에 사촌이 땅을 사면 배가 아프다는 말이 있다. 이것은 인간은 남이 잘되면 시기 질투를 잘 한다는 뜻이다. 사람은 남이 잘되면 부러워는 할지언정 시기 질투는 절대로 하지 말아야 한다. 지옥은 큰 범죄자만 가는 곳이 아니라 시기, 질투, 분노, 증오, 저주 같은 생각을 자주 하면 영혼이 무거워서 죽으면 지옥으로 떨어진다.

성정이 너무 나쁜 사람은 가슴 속에서 항상 어둡고 칙칙한 기운이 발산되는데, 우주의 나쁜 기운도 이런 사람 주변으로 몰려든다. 자기장처럼 끼리끼리 끌리기 때문이다. 게다가 한 많은 혼령들까지도 따르게 되고 부부간의 정사 도중 절정 순간에 빨려들어 수정란에 깃들어서 그 집 자식으로 태어난다. 그러곤 생김새는 물론 마음씨까지도 부모를 닮아서 나쁜 짓만 골라하다가 불행한 생을 마치게 된다.

임산부가 먹성이 부실해서 항상 허기져 있으면 신체가

무척 허약한 자식을 낳기도 하고, 더러는 아기 귀신이 붙은 자식을 낳기도 한다. 사람에게 자기 조상신 말고 다른 귀신이 붙으면 매사가 잘 풀리지 않아 살기가 무척 어렵다. 날 때부터 따라 붙은 귀신은 아무리 굿을 해서 쫓으려고 해도 떠나가지 않는다. 조상신보다 더 악착같이 붙어 있다가 귀신 붙은 사람이 죽으면 그 자손에게 이전되어 또 심술을 부린다.

귀신이 자기가 의지하는 주인에게 심술을 부리는 이유는, 자기가 그 몸뚱이의 주인이 되지 못해서 자기 마음대로 할 수 없어 늘 화가 나기 때문이다. 그리고 자기가 의지한 주인이 무슨 좋은 일이라도 있어서 기뻐하면, 그 꼴을 못보고 어떠한 형태로든 괴롭힌다. 귀신의 이러한 행패를 막으려면 조상님 제사를 지극정성으로 잘 지내주어야 한다. 그러면 조상신이 막아준다. 사람은 귀신을 이기지 못하지만, 귀신은 귀신을 해볼 수 있다.

임산부가 나쁜 짓을 잘하는 남편을 심하게 미워하면 그 자식은 생김새는 물론 하는 행동까지도 자기 아버지를 꼭 닮는다. 이런 사람을 보고 세상 사람들은 이렇게 말한다. '그 애비의 그 자식'이라고. 임신한 여자가 남편이 아무리 나쁜 짓을 많이 해도 그냥 무관심하고 올바르고 훌륭한 사람을 간절히 생각하면, 그 아기는 자기 엄마가 생각했던 대로 자기 아버지는 하나도 닮지 않고 올바르고 훌륭한 사람이 된다. 이런 사람을 보고 세상 사람들은 이렇게 말한다. '개천에서 용 나왔다'고.

임산부가 공부나 음악, 춤, 운동 등 각종 예술에 취미가 있었는데 어려서부터 어떤 사정에 의해 꿈을 이루지 못하고 한으로 점철되어 있으면, 태중에 아기가 엄마의 소망을 뇌리 속에 기억했다가 나중에 태어나서 자기 어머니의 한을 대신해서 풀어주는 경우도 있다. 사람의 사주팔자, 성품, 소질 그리고 운명은 그 누가 무엇이 부여

하는 게 아니라 우주의 북극성을 중심으로 해서 이십팔수의 운행에서 발산되는 기를 임산부가 흡수해서 그 마음과 더불어 빚어 놓은 작품인 것이다.

이십팔 수 운행 중에는 지극히 맑고 밝은 기운도 발산이 되고 너무 어둡고 칙칙한 기운도 발산되는데, 임산부가 마음가짐을 나쁘게 쓰면 이런 기운이 밀려들어서 태아에게 축적되어 있다가 나중에 그 아기가 태어나서 꼭 자기 엄마 같은 마음씨를 쓰면서 현명하지 못한 행동만 하다가 어려운 생을 살게 된다.

임산부가 자기 남편을 심하게 미워하고 싫어하면 전생에 자기 배우자를 심하게 학대하다 죽은 혼령이 다가와서 그 자식으로 태어나 평생 배우자를 만나지 못하고 혼자 살다 죽는 경우도 있다.

임산부가 편식을 너무 심하게 하면 태아가 체질 구성이 고르지 못해 성품이 편벽되어 고집이 무척 세다. 사람이 고집이 너무 세면 남의 도움을 받지 못해 인생 여정이 외롭고 곤곤하다.

누구든 자기 자식이 올바르고 건강과 더불어 성실하게 잘 살기를 바라거든 첫째는 임신부가 태교를 잘해야 되고 둘째는 그 남편이 아내의 속을 썩이지 말아야 할 것이며 주변 사람들도 정직하고 정성스러운 마음으로 잘 돌봐주어야 한다.

사람은 맹자의 성선설처럼 선하지 않는 사람이 없다. 사람을 비롯해서 모든 동식물들은 아주 신령스러운 영혼이 깃들어 있어 선하기가 짝이 없다. 그런데 임산부가 마음씨를 잘못 쓰면, 우주의 이십팔 수의 운행에서 발산되는 먼지와 나쁜 기운이 합세해서 태아의 체질 구성이 잘못되어 아주 나쁜 성정으로 결정되어 태어나서 한 많은 생을 살게 된다.

그리고 임산부가 마음을 곱게 쓰고 맑으면 우주에 떠도

는 좋은 기운이 따라와 태아의 체질 구성이 좋게 되고, 좋은 날 좋은 시에 태어나 뭇 사람들의 인정과 도움을 많이 받고 행복한 여생을 살게 된다.

사람마다 자식을 반듯하게 잘 낳아 남에게 피해주는 일없이 건강과 더불어 성실하게 사는 교육을 시켜 놓으면 세상은 굳이 평화를 운운하지 않아도 저절로 평화로워질 것이다.

지나친 사랑이 초래한 결과

유행가 가사 중에 이런 말이 있다.

"이 세상의 부모 마음 다 같은 마음~ 아들딸이 잘 되라고 행복하라고~ 마음으로 빌어주는 박 영감인데~"

이 노랫말처럼 많은 부모들이 자기 자식을 무척이나 아끼고 사랑한다. 이것은 비단 사람뿐만이 아니라 지구상의 모든 생물들이 다 그러하다. 그것은 누구나 자기 유전자를 그대로 옮겨 받은 자기 분신이기 때문에 자기 육신을 아끼듯 자연히 그렇게 되는 것이다. 그래서 많은 부모들이 자기 자식에게 혼신을 다해 주고도 늘 부족한 것 같아서 항상 아쉬워한다. 그러나 이런 정성도 도가 지나치면 자식이 잘 되는 게 아니라 오히려 해가 된다.

아기 때부터 너무 귀여운 나머지 밥을 혼자 먹을 수 있는 데도 먹여 준다든가, 옷도 혼자 입을 수 있는데 입혀 준다든가, 장난감을 가지고 논 후 애한테 정리시킬 수 있는데도 정리해 주는 등 매사를 이렇게 다 해주면 어려서부터 의타심만 길러져 다 커서도 공부는 물론 모든 일을 혼자 하지 못한다.

이런 사람은 게을러서 일을 안 하는 게 아니라 아기 때부터 일을 시키지 않아서 뇌세포가 고루 발달하지 못해서 사고력이나 능동성이 결여되기 때문에 아예 일할 생각이 나지 않는 것이다. 모든 일은 스스로 해야 발전을 하고 발전을 해야 성공을 해서 직업을 얻는 것인데 이런 사람은 직업도 얻지 못한다.

사람이 일이 없으면 자연히 빈둥거리게 되고 빈둥거리기만 하면 가정에서나 사회에서 대접을 받지 못한다. 대접을 받지 못하면 잃어버린 사랑과 관심이 그리워서 괜히 원망스럽고 외롭고 고독해서 서럽고, 그래서 마음이 심란하면 밖에 나가 후미진 곳에서 입에 술을 대고 한 잔 두 잔 마시다 보면 알코올 중독에 빠지는 경우도 있고, 세상에서 법으로 금하는 온갖 잡기에 손을 대다 큰 낭패를 당하는 경우도 있다.

자식의 성격이라고 하는 것은 임신을 해서 태교도 잘해야 하지만 아기를 낳은 후에도 태교 못지않게 교육방법이 중요한 것이다. 아기 때 밖에 나가서 남의 물건을 무심히 집는 것을 그대로 놔두면 도벽을 방치하는 것이다. 커서 도둑질 하는 경우도 있고 무엇이든지 원하는 것마다 다 사주면 자제력이 결여되어 분수에 넘치는 욕심을 내다 망신당하는 수도 있다.

누구든지 아기를 키울 때는 잘한 일이 있으면 반드시 잘했다고 칭찬을 해주고 잘못이 있으면 아무리 작은 것이라도 야단을 해서 반드시 바로잡아주어야 한다. 그렇지 않고 너무 귀엽고 예쁜 나머지 이 정도는 괜찮겠지 하며 관대하게 봐주면 그는 자기의 능력을 과신하게 되며 자기 외에는 잘난 사람이 없는 줄 알고 자칫 경솔한 짓을 하다가 남의 비웃음을 받게 되는 것이다.

생명의 생리는 자기 부모형제가 있는 가정과는 달리 비정하기 짝이 없는 것이다. 자기에게 이익이 없으면 그 누구도 사랑하지 않고 위해 주지 않는다. 그러나 인간은 동물과는 달리 어려운 이가 있으면 동정은 하지만 육신이 멀쩡한 백수에게는 동정을 하지 않는 것이다.

그런데 어려서부터 부모나 집안에서 너무 지나친 사랑과 관대를 받은 사람은 사랑의 중독자가 되어 세상이 다 자기만 위하고 좋아해 줄 줄로만 아는 것이다. 그런 사람이 사회에 나가서 원하는 만큼의 사랑과 인정을 받지 못한다고 생각하게 되면 재미가 없어서 만사에 의욕을 잃고 심하면 우울증에 빠지기도 하며 더러는 사랑을 구걸하기도 한다. 남한테 좋단 말을 듣기 위해서 남에게 술과 밥을 사고 돈이 없으면 빚을 내서까지 필요 이상으로 무리를 한다거나 빚을 낸 돈으로 어려운 이웃을 돕기도 하는 것이다.

사람은 누구나 자기 가정 일을 먼저 잘 해서 안정이 되게 해놓고 여유가 있을 때, 불우한 이웃을 돕는 것이 삶의 질서인 것이다. 그런데 자기 가정은 살거나 말거나 생각하지도 않고 우선 자기 체면만 차리려는 급급한 마음에 빚을 내서까지 남을 돕는 것이다. 이렇게 해서 남을 돕는 것은 동정이 아니라 이걸 내가 너에게 줄게 너도 나를 좋아해달라는 아주 이기적인 흥정인 것이다.

남한테 도움을 받는 사람도 잘 사는 사람이 주어야 마

음이 편한 것이지 없는 사람이 주면 마음이 무거운 법이다. 이렇게 남을 돕는다고 하는 사람은 복을 짓는 게 아니라 오히려 업을 쌓는 것이다.

자식을 낳은 사람은 자식이 아기 때부터 심하게 울고 떼를 쓴다고 해서 미워하지 말며, 한참 성장기에 너무 힘겨운 일을 시켜서도 안 되며, 지나친 사랑과 관대도 성격 형성에 잘못된 영향을 줄 수 있어 귀여운 자식이 오히려 어려운 인생을 살게 하는 것임을 항상 명심하고 경계해야 할 것이다.

악순환

누구든 자식을 낳아서 자기가 키우지 않고 버리면 후생에는 불효자를 낳게 되고 부모에게 불효를 심하게 한 사람도 후세에는 아기 때부터 부모에게 버림을 당하게 될 확률이 있다.

세상에 부모 없는 자식같이 불쌍한 게 없다. 어느 부모든 자기 자식은 혼신을 다해 사랑하지만 남의 자식은 불쌍하면 동정은 해도 사랑하지는 않는다. 사랑과 동정은 하늘과 땅 차이이다. 동정은 하다 지치면 그만두지만 사랑은 아무리 버겁고 힘이 들어도 그만두지 않는다. 사랑은 자연의 철칙이라 마음대로 그만두어 지지 않고 자기 생명이 다할 때까지 안고지고 간다. 그래서 사랑을 지고지순이라 한다.

부모와 자식 간의 사랑은 비단 사람뿐만이 아니다. 지구상에 그 어떠한 생물도 자기자식을 아끼고 사랑하지 않는 생명체는 없다. 그런데 태어나서 못된 짓만 심하게 해서 부모에게 불효한 사람은 다음 생에는 이런 사랑을 받지 못한다. 그것은 자기 자식이 사사건건 애를 녹이면 그 부모는 늘 이런 생각을 한다. 내가 이 세상에 다시 태어난다 하더라도 저런 자식은 절대로 만나지 않겠다고. 이렇게 각심하다 죽으면 정말 그렇게 된다.

지구상의 모든 생명체는 무엇이든 다 살아생전에 먹은 마음이 자기 영혼 속에 저장되어 있다가 다음 생에 한 치의 오차도 없이 그대로 펼쳐진다. 이래서 불효자는 그 부모가 마음의 문을 꼭 닫아 버렸기 때문에 태어나지 못한다.

이 우주의 모든 물체가 인력에 의해서 서로 의지하고 돌아가듯이 마음과 마음도 서로 생각해야 연이 이어지는 것이지, 그렇지 않고 어느 한쪽이 생각을 지워 버리면 그걸로 연이 끊어지는 것이다.

이 생태계의 공간은 나면서 죽고, 죽으면서 다시 태어나는 것인데 부모와 연이 끊어진 사람은 태어날 길이 막혀서 인간으로 다시 환생하지 못하고 귀신으로 떠돈다. 이런 귀신은 차라리 귀신으로 영속하는 것이 나을지 모른다. 사람으로 환생해 봤자 그 험난하고 비루한 생활이 무엇하고 짝할 수 없기 때문이다.

그러나 다시 태어나는 것도 자기 의지대로 되지 않는다. 불효자식은 부모는 물론 형제, 자매, 처, 자식까지 그리고 자기 주변 남들까지 몹시 힘들게 했기 때문에 그때 피해를 당했던 사람들이 그 생을 마치고 다시 인간으로 태어날 때 불효자는 그 한 맺힌 영혼들의 힘에 이끌려 환생하기 때문에 마치 작은 것이 큰 것에 귀속되듯 원한이 가장 깊고 강했던 전생에 자기 부모였던 사람한테 다시 자식으로 태어난다.

하지만 그 부모는 그런 자식은 낳자마자 키우지 못하고 바로 죽든지 아니면 어떠한 사정으로 버리게 되든지 해서 같이 살지 않는다. 세상에 태어나자마자 부모에게 버림을 당한 그는 전생에 자기 피해를 당했던 뭇사람들로부터 모진 학대를 다 받으면서 한 많은 생을 살게 된다.

반대로 자식을 낳아 자기가 기르지 않고 버리는 부모도 불효자 못지않은 괴로움을 당한다. 아무리 어려워도 자식은 버리지 말고 자기가 길러야 된다. 자식은 버린 사람은 자식을 키우지 못한 죄책감에 짓눌려 항상 무거운 마음으로 살게 되고 그렇게 살다 죽으면 후생에는 자기가 버렸던 그 자식을 만나게 된다. 그리고 다시 만난 그 자식은 전생에 자기를 버렸던 부모에게 속을 올올이 썩인다. 그것도 고의로 그러는 것은 아니다. 다만 전생에 부모에게 버림을 받아서 살기 힘들 때마다 부모에 대한 원망과 괴로움이 쌓여서 저절로 그렇게 되는 것이다.

자식을 버렸던 부모와 버림을 당했던 자식이 후생에 다시 만나게 되는 이유는 이런 원리가 작용한다. 자식을 버린 부모는 그 자식을 잊지 못해서 그리움에 사무친 마음이 후생까지 이어지고 버림을 당한 자식은 부모에 대한 원한 맺힌 마음이 그렇게 이어진다. 이렇게 간절히 생각하면 악연이든 호연이든 다시 만나게 된다.

세상에 가장 질긴 끈이 마음의 끈이다. 남과 남 사이도 호연과 악연은 반드시 만나게 되는데 하물며 부모와 자식 사이는 더 말할 필요가 없다. 부모와 자식은 유전자가 같기 때문에 그 유전자가 계속되는 한 만나서 불효하고 또 만나면 버리는 악순환이 계속된다. 이런 사람들은 어느 한쪽이 모든 잘못을 다 자기 죄로 돌리고 마음을 비우기 전까지는 악순환이 영원히 이어진다.

지옥 가지 말기를

필자가 이 글을 쓰는 이유는 옛 성인들이 하신 말씀이라 세상이 다 알고 있기는 하지만, 왜 남에게 피해가 되는 일은 하지 말며, 좋은 일을 하라고 했는가를 좀 더 자세하게 설명하고 싶어서이다.

석가모니 부처님은 살생은 하지 말고, 팔정도를 행하라고 했다. 그러니까 나쁜 일을 하면 죄를 받고, 좋은 일을 하면 복을 받는다는 뜻이다. 구약성서 십계명 중에 살인, 도둑질, 간음, 거짓말 하지 말라는 말씀이 들어 있다. 그리고 공자 말씀도 논어 한 권을 다 읽어봐도 남에게 피해가 되는 일을 하라는 말은 단 한 구절도 없다.

이렇게 옛 성인 군자를 비롯해서 현인에 이르기까지 탐욕, 살인, 강도, 강간, 유괴, 간음, 분노, 증오, 저주, 시기, 질투, 거짓말, 모략, 이간질 같은 짓은 절대 하지 말라고 누누이 강조하신 것은 그만한 이유가 있기 때문이다. 모든 죄는 탐욕에서부터 비롯되는데, 위에서 설명한 사람은 죽어서 그 영혼이 지옥으로 떨어진다. 지옥은 다른 곳이 아니고 지구 중심에서 부글부글 끓는 불구덩이다. 이곳을 불경에서는 화탕 지옥이라 한다.

불구덩이란 불이 끓는다는 뜻이고, 과학에서는 마그마라고 하고, 핵이라고도 한다. 이보다 좀 덜 뜨거운 곳이 있는데 이곳을 종교계에서는 연옥이라 하고 과학에서는 맨틀이라고 한다.

살인에서부터 시기, 질투를 하는 사람이 왜 이곳에 가

느냐 하면 남이 잘되면 시기 질투가 나고 나중에는 분노로 변해 증오, 저주심이 일어나면 살인까지 할 수 있는데 남을 죽이는 순간에 자기도 죽을힘을 다하기 때문에 그 강하고 무시무시한 기운이 자기 영혼 속에 쌓여 있다가 죽어서 몸뚱이를 잃어버리면 영혼이 무거워서 마그마가 끌어당기는 힘에 의해 공기(空氣; 물질을 움직이게 하는 존재)를 타고 자연스럽게 불구덩이 속으로 끌려 들어가 버린다. 마그마도 공기가 있어서 끓고 있다. 모든 물체는 공기가 없으면 움직이지 않는다.

사람이 죄를 짓고 살다 죽으면 누군가 그 영혼에게 '너는 죄가 무거우니 지옥에 가라'고 명령하지 않는다. 그런 존재는 천지간에 그 어디에도 없다. 다만 살아생전에 자기가 지은 죄의 무게에 따라서 생각이 무거우면 지옥으로 갈 수도 있고, 연옥으로도 갈 수 있으며, 또 땅 밑의 뱀이나 구렁이 등 온갖 생물이 될 수도 있으며, 땅 위에 짐승도 될 수 있고 훨씬 가벼우면 사람이나 새가 될 수도 있다.

그리고 살아생전에 아예 집착을 버리고 죄 없이 아주 가벼운 마음으로 살다 죽으면 영혼은 공기보다 더 가벼워서 천상의 세계로 올라 자유롭게 존재할 수 있다. 영혼은 아주 정밀한 기(氣)이며 공기가 존재하는 곳이면 어디든 가득하고 본래 있는 것이다. 말하자면 영혼도 일종의 원소라는 것이 타당할 것이다.

영혼은 크지도 작지도 않으며 늙거나 죽지도 않는다. 그래서 이것을 아는 옛 성인들이 영혼은 영원히 산다고 했다. 다만 가지 각각의 물질들이 공기의 움직임대로 들러붙어 미세한 세포에서부터 크나큰 동물이나 나무로 형성되면서 온갖 생명체에 담겨 있는 것이다.

이렇게 해서 현상세계에 나타나 있는 것을 우리는 만물이라고 하고 이런 것들을 조물주가 빚어 놨다고도 한다.

만일 이 우주 어딘가에 아주 신령스러운 조물주가 있어서 만든 것이 있다면 공기일 것이다. 원래는 차가운 음기(陰氣)만 있는 이 우주에 공기가 발생하면서 양성(陽性)의 기운을 가진 가스가 만들어지고 핵이 형성되어 음기와 붙게 되면서 폭발을 한 것이다. 이 폭발에 대한 이론을 과학에서는 빅뱅(Big bang)이라고 한다.

빅뱅 이론에 의하면 대폭발 시에 온 우주가 자욱했다고 하는데, 이때 온 우주가 자욱한 것을 본 사람은 우리가 사는 이 지구상에서는 아무도 없을 것이다. 그때는 사람은 고사하고 아주 작은 미세한 생명도 탄생하지 못했을 것이니까.

대폭발 시에 가스는 가스끼리 뭉쳐 태양이라는 거대한 항성들을 만들어 놓고 온갖 형태의 원자, 원소가 만들어졌고 각각 그 근기(根氣)에 따라서 풀, 나무가 자라고 풀과 나무가 죽으면 좀(미생물)이 생기면서 점점 거대한 동물로 몸통을 불리고 기상천외한 인간으로까지 진화를 한 것이다.

천문학자들 말에 의하면 저 멀고 먼 우주에는 항성들이 수없이 있다고 하니 그런 항성들도 열이 식으면 흙덩이로 변하고 또 가스끼리 뭉치면 항성이 만들어지면서 끊임없이 파괴되고 만들어지면서 존재한다고 한다. 이 지구상에는 우리 인간을 비롯해서 모든 생명체들도 음양의 기의 움직임대로 놀아나면서 숨을 쉬고 생각을 해내며 사는 것이다.

이 지구와 하늘을 통틀어 우주라고 하는데 이 우주에는 태초에 음기와 공기 양성을 가진 가스가 발생 안했으면 아주 작은 미생물 하나도 탄생하지 못했을 것이다. 그러니까 제아무리 신령스러운 영혼이다 해도 이 세 가지 기에 의존하지 않으면, 우리 인간의 눈으로 볼 수 있는 물체는 나타나지 못할 것이다.

    물리학에서는 공기 중에 산소와 질소를 주성분으로 해서 아르곤, 헬륨, 불활성 가스와 이산화탄소가 포함되어 있다고 하는데 이런 것들도 다 따지고 보면 음기와 공기, 그리고 가스가 만들어 놓은 산물인 것이다. 이 세 가지 요소가 없으면 우주에 모든 물체 중 먼지 알갱이는커녕 단 한가지의 원소도 만들어지지 않는다. 그러니까 모든 생물의 영혼은 아주 정밀한 기이며 모든 생명체의 육질은 위에서 말한 세 가지의 기가 합해져서 생성된 산물인 것이니 이 세 가지의 요소가 만물의 기원인 것이다.

    우주 과학에서는 지구상에 대기권 위에는 공기가 없어서 지구에서 산소를 가지고 가지 않으면 숨을 쉴 수가 없다고 하는데, 그곳에는 단지 인간이 호흡할 수 있는 공기가 없을 뿐이지, 숨을 쉬지 않는 물체가 움직일 수 있는 공기는 있을 것이다.

    저 머나먼 허공에 참으로 공기가 없다면 작은 먼지 알

갱이 하나도 생성되지 못했을 것이고 많은 별들이 부서졌다 다시 뭉쳐지는 과정도 없을 것이다. 이 지구상에도 공기가 있기 때문에 사람들도 이 생각 저 생각이 일어나는 것이다. 그리고 사후에 남는 영혼들도 그 경중(輕重)에 따라서 공기의 움직임대로 자연스럽게 지옥이나 천상에 가는 것이다.

생전에 남을 헐뜯고 이간질하고 모략을 하면 사후에 그 영혼은 시궁창에 떨어져 온갖 벌레가 될 수도 있다. 왜냐면 나쁜 생각을 할 때마다 어둡고 칙칙한 기운이 영혼에 쌓이는데, 이것은 시궁창 기와 흡사하기 때문에 끼리끼리 합해지는 것이다. 자연의 이치는 맑으면 맑은 것끼리 합하고 탁하면 탁한 기운끼리 자석처럼 서로 붙기 때문에 한 치의 오차도 없이 햇빛 속도를 따라서 지옥으로도 갈 수 있고 천상으로 갈 수도 있으니 살아생전에 남에게 피해주지 말고 착한 마음으로 살아주길 간절히 바란다.

인간이면
반드시 배워야 할 학문

 어짊과 의로움, 예의와 지혜, 그리고 믿음. 이것은 사람이면 누구나 다 가지고 있는 본 성품이다. 그러나 사람들은 대부분 남보다 더 잘되고 많이 가지려는 욕심에 가려서 본성을 망각하고 사는 사람도 있기 때문에 성인께서 이것을 기록하여 지키며 살라고 누누이 가르치신 것이다. 허니 우리는 이 좋은 말씀을 남녀 불문하고 칠세부터 가르쳐서 도덕적으로 살 수 있는 길로 인도해 주었으면 한다.

오륜도 우리말로 해석하면 부모와 자식은 친함이 있으며 임금과 신하는 의(義)가 있으며 남편과 아내는 분별이 있으며 어른과 아이는 차례가 있으며 벗과 벗은 믿음이 있다고 했다. 부모와 자식은 친함이 있는데 이는 유전자가 같기 때문이다.

유전자는 몇 대가 이어져도 변하지 않는다. 마치 영혼이 영원하듯 유전자도 그러한 것이다. 그래서 죽으면 몸을 떠난 혼령들이 자기 유전자를 가진 자손에게 의지하다 다시 환생하는 것이다. 이래서 부모는 자식을 절대로 버리지 말아야 한다. 만일 버리면 후생에는 불효막심한 자식을 낳는다. 그리고 자식도 효도를 다해야지 그렇지 않으면 후생에는 부모를 만나지 못한다. 영혼은 세세 영생 존재하면서 호연은 호연대로 만나 의의 좋게 살고, 악연은 악연대로 만나 반드시 앙갚음을 한다.

임금과 신하는 왜 의(義)가 있는가 하면 우주에 흐르는

기(氣)가 비슷할 때 태어난 사람들끼리 서로 모여 지내다 가 정치를 하게 되면 그중에 기(氣)와 운(運)이 가장 강한 자가 군주가 되고 조금 약한 자들이 신하가 된다. 그래 서 임금과 신하는 서로 좋아하고 믿고 의지하기 때문에 의(義)가 있다고 했다.

이밖에 남편과 아내는 분별이 있어야 한다는 것은 남 녀 간에는 서로 필요에 의해서 만나졌기 때문에 함부로 하지 말라는 뜻이다. 그리고 어른과 아이는 차례가 있어 야 한다는 것은 어른은 아이를 이해하고 아이는 어른을 공경하면 사회의 질서가 성립되기 때문이다. 또한 벗과 벗은 믿음이 있어야 한다는 것은 약속은 반드시 지키라 는 뜻이다. 그래야 인간관계가 오래 이어질 수 있기 때 문이다.

이밖에 사람이면 누구나 다 알아야 할 학문이 있다. 그 것은 자기가 가지고 태어난 운명을 알 수 있는 것이다.

이 운명학의 음양 원리로 천지 만물의 변화하는 현상을 다 해석해서 서술한 내용이다. 이것은 중국 주나라 때 이루었다 해서 주역이라고 한다. 유교의 시조인 공자는 이 책을 엮어 놓은 노끈이 세 번이나 떨어지도록 읽었다는 설로도 아주 유명한 철학서이다.

주역을 지금은 우리말로 번역해서 역학이라 한다. 역학은 한글만 읽을 줄 알면 누구나 다 할 수 있다. 깊고 난해하기 짝이 없는 주역을 지금은 아주 알기 쉽게 잘 풀어 놓아서 스승 없이 혼자 해도 짧으면 5~6개월 길면 1년이면 자기 운명을 다 알 수 있다. 이렇게 쉽게 할 수 있는 공부를 저마다 하지 않고 무작정 살다가 어려워지면 만날 주변 탓만 한다.

사람이 자기 운명을 알아야 실패 없는 삶을 살게 될 것이다. 그렇지 않고 남이 해서 성공하면 자기도 한다고 해서 실패하는 경우가 허다하다. 결혼도 자기 운명을 알아야 평생 해로할 사람을 만날 수 있다. 한순간 좋아해서 연애하다 결혼해도 5~10년이면 싫어지는 경우가 있다. 이래서 각자 밖으로 돌다 또 다른 짝을 만나는 사람도 있다.

사람은 정이 하나라 누구든 외도를 하면 마음이 그쪽으로만 쏠린다. 이래서 집에 있는 배우자는 싫은 정도가 아니라 골칫덩어리로 여겨진다. 그래서 서로 다투다 헤어진다. 서로 싫어서 헤어지는 것 어쩔 수 없다 치더라도 자녀가 있는 부부는 헤어지면 문제가 생긴다. 어떤 문제가 생기는가는 앞장에 설명했으니 참조하기 바란다.

역학을 하면 자기가 홀로 살 운명인지 아닌지도 알게 된다. 홀로 살 운명이 만일 결혼을 하면 살다 생사 이별을 하게 되고 그 인생 여정이 파란만장하다. 허니 차라리 혼자 사는 것이 더 낫다. 이러니 이 역학을 윤리 도덕처럼 교과서에 싫어 가르치는 것이 좋을 것이다. 그래야

자기가 가지고 태어난 사명을 알고 대학교 때부터 그 일

을 열심히 해서 성공하게 될 것이다.

낙엽이 우는 소리

그날도 나는 내가 자주 가는 공원으로 갔다. 그리고 주인 없는 의자에 앉아 공원 뜰 전경을 바라보고 있었다.

그런데 바로 그때였다. 누군가가 내 옆자리에 털썩 주저앉더니 한숨을 땅이 꺼지게 쉬었다. 그런 인기척에 나도 모르게 시선을 옆으로 했다. 아무 망설임 없이 내 옆자리에 주저앉던 그 사람도 나를 쳐다보았다.

나는 그 사람을 보는 순간 가슴이 섬뜩했다. 너무 주름진 얼굴에는 분노가 가득 들어있는 노인네여서였다. 나는 그런 노인네를 의아한 마음으로 주시했다. 그네는 한참동안 씩씩거리더니 자세를 바로 했다. 그리고 더 참을 수 없다는 듯 큰소리로 중얼거리기 시작했다. "빌어먹을 놈, 맬겁시 날 오라 해놓고 내다도 안보고 명절 때도 못온다 하는구만!" 하고 아주 심한 욕까지 거침없이 퍼부었다.

나는 그네가 왜 그러는지 이유는 알 수 없었지만 그 불편한 심기가 너무 딱해서 동정 어린 시선으로 바라보았다. 그네는 나의 표정에서 자신을 동정하는 내 마음을 읽었는지 다소 누그러진 얼굴로 입을 열었다.

그네는 내가 초면인데도 불구하고 자신의 가슴에 쌓여 있는 사연을 줄줄 털어놓았다. 아마 말하고 싶어도 주변에 말을 들어줄만 한 사람이 없었던 것인지도 모른다.

그네의 사연인즉 이러했다. 그네는 시골에 살았고, 아들 부부는 ○○시에 사는데 아들 부부가 어머니 집이 너무 멀다면서 통 오지 않더라는 것이다. 그래서 노인네가 아들 부부에게 역정을 냈더니 아들 부부가 이사 와서 가까이 계시면 자주 찾아 뵐 수 있다면서 자기들 곁으로 이사를 오라고 했단다. 그래서 그 말을 믿고 시골에 있는 집이며 논밭을 다 팔아 지금 살고 있는 이 도시로 이사를 했단다. 그런데도 아들 부부는 여전히 오지 않는다고 했다. 그리고 내일모레가 추석인데 그때도 오지 못하겠다고 전화가 왔단다. 그래서 너무 화가 난다는 것이다.

그네는 한 번 입을 열더니 터진 봇물처럼 말을 줄줄 쏟아냈다. 그네는 청상과부였고 아들 하나 키우며 살았는데, 애지중지 키운 그 아들이 이럴 줄은 몰랐다며 고개를 숙였다. 그러곤 조금 낮은 소리로 이렇게 말했다. 다시 시골로 갈까보다고 자신 없이 말하며 훌쩍거렸다.

그네의 모습을 바라보면서 그 말을 다 듣고 있자니 나도 모르게 울화가 치밀었다. 그래서 상당히 격정적인 목소리로 물었다. "아들 부부가 어디서 사는데요?" 그네가 대답했다. 여기서 전철로 30분 거리에 산다고. 그 말을 들은 나는 그 자리에서 더 앉아 있을 수가 없었다. 들으면 들을수록 분통이 터질 것 같아서였다.

　나는 갑자기 일어나 이렇게 말했다. "댁네 아들 부부는 아마도 짐승인가 봐요." 그네는 아들 부부 흉을 보다 말고 내 돌연한 언동에 나를 뚫어지게 쳐다봤다. 나는 그러는 그네를 똑바로 쳐다하며 말을 이었다. "짐승은 어미가 자기 새끼는 키워도 그 새끼들은 나중에 다 커도 자기 어미를 돌보지 않거든요. 그런데 사람은 그렇지 않거든요. 자기가 낳은 자식은 반드시 자기가 키우고 부모가 늙으면 자식이 모시는 것은 비단 어떤 제도 때문만은 아니고 사람이 본래 동물과 달리 인정이 많아서 누가 시키지 않아도 자기 부모에게는 저절로 잘 하게 된답니다. 그런데 댁네 아들 부부는 마음에 그런 인정이 없는 것 같아요. 그래서 짐승이 아닌가 했습니다."

내 말은 들은 그녀는 이마를 잔뜩 찡그린 채 묵묵부답이었다. 자기 아들 부부가 괘씸하기는 해도 짐승취급 받는 것은 싫은 모양이었다.

요즈음 우리 사회에 그때 그녀의 처지와 비슷한 일들이 더러 있는 모양이다. 며칠 전에도 자식이 노모를 효도관광 시킨다고 외국에 모시고 가서 그곳에 버리고 왔다는 얘기를 들었고, 또 외국으로 이민 간 아들이 노모에게 같이 살자고 오시라 해서 집 팔고 재산 정리해서 갔더니 돈만 뺏고 어느 거리에 버렸다는 내용의 방송도 본 적이 있다. 텔레비전에서도 이런 내용이 나오는 것을 보면 헛소문만은 아닌 것 같다. 자식은 어릴 때는 부모의 희망이며 커서는 의지 처인 것인데 요즘은 우리 사회의 그러한 인식이 무너지는 것 같다.

이미 우리나라도 노인 인구가 전체 인구의 7%를 넘

게 되어 고령화 사회가 되었으며 통계청조사에 따르면 2022년의 노인인구는 지금의 2배 이상이 될 것이라고 한다. 사람은 어차피 혼자는 살 수 없는 법, 지금 젊은 사람도 언젠가는 노인이 될 것은 분명하다. 핵가족은 여러모로 나쁜 것 같다. 옛날과 같은 똑같은 방식은 아닐지라도 할아버지, 할머니, 엄마, 아빠, 아들, 딸, 손자, 손녀들이 같이 소통하며 사는 가족의 생활방식이 어떤 형태로든 모색되어야 할 것 같다.

남녀칠세부동석 · 1

유교에 이런 가르침이 있다. 남녀는 칠세부터 부동석을 해야 된다고. 이유는 사람이 태어나서 일곱 살쯤 되면 대부분 감수성이 발달되는데, 이때부터는 남녀가 같이 있으면 서로 끌어안고 싶은 충동이 일어나 불장난으로 이어질 수 있기 때문이다.

남자와 여자는 성(性)이 서로 다르다. 남자는 양성이고, 여자는 음성인데 이 두 가지 성은 서로 결합해야 인간이라는 새로운 개체를 이루고 생식기능을 갖추어 성장해서 현상세계에 태어날 수 있는 것이다.

그런데 남녀의 한 번 성교 시에 남자 고환에서는 정충이 2억 개씩 나오는 사람도 있다고 한다. 이렇게 많은 정충들이 빨리 밖으로 나와 난자를 만나려고 발버둥을 치면 이런 요동을 인내할 남자가 과연 몇이나 있겠는가? 더군다나 다 성숙한 여자가 곁에 있다면 말이다.

정자와 난자는 한 가지 기(氣)로만 구성된 체세포라 그런지 잠깐 꾸물거리다가 얼마 못 가서 자멸한다. 그런데 아주 작은 단세포여도 그 체질 속에 깃들어 있는 마음들은 그대로 살고 싶어 하고 죽는 것을 두려워한다. 그래서 살고 싶은 욕심 때문에 음양이 서로 결합을 해서 의지한다.

아무리 작은 미물이라도 자기들 생사가 경각에 달렸는데 가만히 있을 생명체가 어디 있겠는가? 아마 모르면 몰라도 정충들이 고환에서 나오려고 사력을 다할 것이다.

　이런 연유로 남녀가 같이 있으면 지극히 빠른 속도로 순식간에 결합이 되는 것이다. 마치 자석에 철이 끌리듯. 이래서 자기 배우자 외에는 남녀가 같이 있지 말라고 한 것이다. 만일 같이 있다가 불륜이라도 일어나면 작게는 한두 가정이, 크게는 세상이 혼란스러워질 수 있기 때문이다.

　인간은 다른 동물과는 다르게 자기 배우자가 다른 사람과 애정관계를 가지면 분심에 치를 떨며 다투다가 심하면 이혼까지도 한다. 이혼은 한 부부의 일심동체가 조각나는 것이고, 한 가정이 무너지는 것이다.

　문제는 자녀가 없는 가정은 단 두 사람의 상처로만 끝날 수도 있겠지만, 자녀가 있는 부부는 두 사람의 상처로만 끝나지 않는다. 그런데도 요즘 우리나라에 자녀를 버리고 이혼하는 경우가 많다고 한다. 그래서 부모에게 버림받은 아이들이 더러는 조부모 품에서 또는 의붓아버지나 계모의 슬하에서 그도 의지할 데가 없는 아이들은 어느 동정어린 복지시설에서 흐느끼며 산다고 한다.

동물도 대부분 새끼를 낳으면 혹시 다칠 새라 조심스럽게 보호하며 다 자라서 스스로 식생을 할 수 있을 때까지 애지중지 키우고 떠난다. 그런데 동물에 비하면 차원이 월등한 인간이 어린 자식을 버리는 것은 동물만도 못하다.

우주 모든 생명체의 세계는 자기 종족 외에 다른 종족을 다 잡아 먹고 산다. 심지어 같은 동족이어도 자기 유전자가 아니고 남의 새끼는 모조리 물어 죽이는 동물도 있다.(사자의 경우) 이것은 현상 세계의 모든 동식물들은 남의 자식은 사랑하지 않는다는 뜻이다.

인간도 예외는 아니다. 남의 자식은 절대로 사랑하지 않는다. 어쩌다 인정에 의해, 그리고 생산을 못하는 부부들이 적적함을 메우기 위해 부부에게 버림받은 남의 아이들을 입양해서 키우는 경우도 있기는 하지만, 그것은 어디까지나 동정이고 목적이지 사랑은 아니다. 동정이나 목적은 하다 힘들고 지치면 그만둘 수도 있다.

그러나 사랑은 아무리 어렵고 힘이 들어도 그만두지 않는다. 어떤 동물은 자기 전신을 새끼들에게 영양분으로 주고 죽는 경우도 있다.(거미나 살모사, 수사자 같은 경우) 모든 생명체의 부모는 자기 자식을 위해 이렇게 희생을 한다. 그래서 부모가 자기 자식을 사랑하는 마음은 지고지순이라 한다.

사람이 아기 때부터 부모의 사랑을 받지 못하면 애정결핍증이 생겨 아무도 사랑하지 못한다. 게다가 남의 동정이나 눈치 그리고 천대를 받고 자라면 모멸감이 가슴에 쌓여 인간에 대해 공포증이나 혐오감이 일어 인간기피증까지 생길 수도 있다. 이런 사람은 대개 사회에 대한 불안감에 남들과 잘 어울리지도 못하고 따라서 사회 생활도 잘 못한다.

누구든 이렇게 되면 수많은 인파 속에서도 아무도 없는 적막강산 같고 늘 외롭고 쓸쓸하고 슬프고 서러운 비애감에 가슴이 때 없이 울적해지고 성정이 고르지 못해서 자기 의식생활도 잘 못하고 점점 더 곤곤해서 막막해지면 자기를 버린 부모에 대한 원망과 사회에 대한 증오심이 분노로 화하여 폭발하면 사람이 괴상하게 변해가지고 아무에게나 해악을 끼치고 세상에 못할 짓이 없다.

옛말이 사람이 삼일 굶으면 남의 집 담을 넘는다고 했다. 이 말은 사람도 배가 잔뜩 고프면 남의 먹이를 훔칠 수도 있다는 뜻이다. 사람은 임신 후 잘못된 태교가 나쁜 성정을 만들기도 하고 태어나서도 교육을 잘못 받으면 나쁜 사람이 될 수도 있다. 그래서 습관도 고치기 어렵기 때문에 세 살 버릇 여든까지 간다고 했다. 한 번 이렇게 된 사람은 여든이 아니라 죽을 때까지도 고치지 못하고 후손에게까지 유전되는 경우도 있다.

남녀의 무분별한 동거, 동일 하는 사회가 불륜을 야기하고 그것이 또 이혼으로 가정이 무너지고 부모 없는 애들이 계모의 구박으로 이 집에서 저 집으로 천덕꾸러기처럼 돌아다니며 자기 신세를 한탄하고 구천에 사무치도록 절규하며 통곡한다. 부모가 없다고 해서 다 이렇게 되지는 않지만 그래도 나라에 이런 사람이 많고 많으면 그것은 병든 사회지, 온전한 사회는 아니다.

옛 성인들이 우주를 관통하고 음양의 원리와 천지만물이 변화하는 현상까지 깨우치고 보니 남녀의 불륜이 사회를 무척 혼란스럽게 하고 후손까지 불행하게 된다는 것을 알고 이런 폐단을 미리 막기 위해서는 원인 제공을 하지 않아야 될 것 같아 자기 부부 외에 남의 남자와 남의 여자는 같이 있지 말라고 했던 것이다.

그래서 우리나라도 이조 500년 동안은 유교를 국교로 정하고 그걸 공부하면서 더불어 삼강오륜과 효경을 인륜 지도덕이라 칭하고 이것을 법제화해서 배우고 실행하며 살아왔다. 그래서인지 유교의 제도 하에서는 부모가 죽고 없는 고아는 있었어도 부모가 버젓이 있으면서도 이혼으로 인해 고아가 된 경우는 하나도 없었다.

그런데 6·25전쟁 이후로 외국 문화를 받아들이면서부터 여자들이 남녀평등사회를 원하더니 결국은 유치원에서부터 혈기왕성한 대학까지 남녀공학을 하지 않는가. 같은 직장에서 남의 남자와 남의 여자가 서로 쳐다보며 일을 하지 않는가. 남자상관에 여자비서를 쓰지 않는가. 게다가 회식이라는 명분으로 남녀가 서로 둘러 앉아 부어라 마셔라 하다가 취기가 오르면 정신이 혼미해져서 서로 넘어서는 안 될 선까지 넘고 이런 일이 불씨가 되어 여러 가슴이 재가 되는 일이 요즘 이 세상에 비

일비재하다.

지금 우리 사회에 무분별한 남녀 문제를 바로잡지 않으면 얼마 못가서 인류사회가 짐승화 될 확률도 높을 것이다. 지금이라도 이조 500년처럼 남녀의 분별을 제도화하고 아이가 있는 부부에게는 이혼 금지령을 내려서 살아간다면 사회가 점점 평화스러워질 것이다.

남녀칠세부동석·2

요즈음 우리나라에는 젊은이들뿐만 아니라 다 늙은 노인네들까지도 부부간에 이혼하는 경우가 있다. 이유는 저마다 가정불화 때문이라고 했다. 참 이상한 일이다.

젊어서는 자식들 낳고 내내 잘 살다가 왜 하필이면 다 늘그막에 불화가 생기나 했더니 대개 남의 남자와 남의 여자가 모여 노는 장소나 일터에 나가는 사람들이 자기 배우자와 잘 싸운다고 했다. 이런 경우도 남녀공동사회가 만든 결과인 것이다.

그리고 세상에 떠도는 소문도 이렇다. 나이 팔십이 넘은 노인이 날마다 노인복지회관에 다니면서 남의 노인네들하고 댄스하고 놀다가 집에 와서는 마누라에게 폭언 폭행을 자주 하다가 결국 이혼까지도 한다고 한다. 이밖에 게이트볼, 묻지 마 관광, 남녀 혼합 산행에서도 남의 남녀가 정분이 나기도 하고 심지어 공공 근로 장소에서도 이와 비슷한 일이 일어나기도 한다고 한다.

어디 이뿐인가. 남녀 도박장, 술자리, 노래방. 물론 다는 아니지만 이런 장소에서도 불륜관계가 있다고 한다. 이 중에서 노래방은 사회생활에서 심신이 지친 사람들에게 스트레스나 풀라는 뜻에서 마련된 장소이고 또한 노인복지회관은 홀로된 노인들 외로움이나 달래라는 뜻에서 제공된 장소인데, 그 의도와는 달리 여러 가정을 파괴시키는 놀이터로 빗나가고 있었다.

이런 곳을 꼭 홀로된 사람만 가는 것이 아니라 자기 배우자가 있는 사람도 자주 들락거리면 자기 집에 가서는 다투고 싸우며 헤어지고 무너지고 주변과 사회를 무척이나 혼란스럽게 만든다. 사람은 밖에 나가 남의 남자나 여자에게 정이 들면 집에 있는 배우자는 싫어지기 때문에 미워하고 화를 내는 것이다.

옛말에 남자는 다 늙어도 지푸라기 하나만 들 힘이 있으면 자식을 낳는다 하던데 그 말이 맞는가 싶다. 팔십이 넘은 노인이 바람을 피운다는 말이 있고 보면.

요즈음 우리 사회에 성매매, 성폭행, 간음, 미혼모에 기혼자들의 불륜, 심지어 다 늙은 노인네들까지 성문제가 너무 문란한 것은 남녀공동사회에서 비롯된 것이다.

남자와 여자는 같이 있으면 음양의 기들이 순식간에 합이 되어 성 행위가 이루어지는 것이다. 이것은 자연의 이치라 인간의 의지로는 막지 못한다. 이러니 사회 혼란을 바로 잡으려거든 하루라도 빨리 남녀공동사회를 금지해야 될 것이다.

그렇게 되지 않으면 우리 사회에서 일어나고 있는 불륜, 이혼, 부모와 헤어진 아이들의 흐느끼는 소리만 울릴 것이다.

본 남편과 아들 딸 낳고 잘 살던 여자가 춤바람 나서 나가지를 않나, 남편 친구와 바람나서 나간 여자, 노래방 도우미로 일하다 바람이 나 나간 여자, 식당 직원으로 일하다 바람나 나간 여자, 밤에 기도 다니더니 바람나서 나간 여자, 남편 직장 간 사이에 남의 남자와 전화질만 한다고 한숨짓는 시어머니, 며느리가 도박만 하고 다니더니 결국 집까지 나가 버려서 자신이 손자들 기른다고 울먹이는 할머니, 도박, 게임만 하다가 집안이 망해서 뿔뿔이 흩어진 가족들, 이밖에 이 지면에 쓸 수 없는 일들이 수두룩하다. 돈 많은 유부녀, 유부남 홀려 뜯어먹고 사는 족속들 참으로 세상이 너무 저속하고 타락적으로 살기 때문에 보기에 민망하고 걱정스럽다.

사람은 남녀가 결혼해서 자녀가 있으면 이혼하거나 재혼하면 후생에 사람으로 환생하기 어렵다. 그저 칙칙한 곳에 그 영혼이 떨어져 온갖 미물로 태어나 먹고 먹히는 윤회만 계속 할 뿐이다. 왜냐면 자식 버린 죄책감에 울적한 감정이 마음에 쌓이는데다가 또한 버려진 자식들의 원망하는 슬픈 기운이 그 영혼을 가리기 때문이다.

그리고 이왕 환생하려면 사람으로 태어나는 것이 좋을 것이다. 왜냐면 인간은 다른 생물에 비해 뇌 세포가 맑은데다 지혜가 특출해 마음을 잘 닦으면 사후에 영혼이 자유를 얻어 천상의 세계에 갈 수도 있고 또한 자기가 태어나고 싶은 곳에 마음대로 태어날 수 있기 때문이다.

하여간 사람은 반드시 금기해야 할 일이 있다. 남의 남편이다 남의 아내는 절대로 빼앗지 말아야 하는 것 왜냐면 인간은 다른 동물과는 달리 자기 것을 남에게 빼앗기면 반드시 복수를 한다. 이 생에서 못하면 죽어서 원혼이 되어서라도 한다.

복수는 복수를 낳는다는 말이 있다. 이렇게 세세 영생 서로 싸우고 살다 마음에 화만 낸 기운이 많이 쌓이면 죽을 때 영혼이 몸에서 나오자마자 화탕 지옥으로 빨려 들어간다. 힘의 원리는 작으면 큰 것에 빨려 든다. 이래서 지옥에 비하면 영혼에 쌓인 화기는 미세한 입자에 불과하기 때문에 지옥 불의 거대한 화기에 이끌려 바로 직행한다.

부부로 살다 하나가 죽으면 남은 한쪽은 외롭다고 하는데 이럴 때는 자기 적성에 맞는 일을 찾아서 열심히 하면 외로움이 소멸될 것이다. 예를 들어 각종 운동, 예술 등 만일 이런 일은 하기 싫거든 잡초에 우거진 땅이라도 일구어 각종 채소라도 심어서 자손에게 해주면 좋을 것이다.

요즘 채소는 하우스 속에서만 자라 태양열 공급을 받지 못해서 인체에 유익한 영양소가 부족한 편이다. 해서 이런 채소는 아무리 먹어도 허기가 진다. 그래서인지 이 근래에는 어른 아이 할 것 없이 고기를 많이 먹는다. 채소에서 흡수 못한 영양분을 고기로 채우는 것 같다. 옛날에는 나이 사십 안에는 고기를 먹지 말라고 했다. 이런 말이 있는 것 보면 고기는 인체에 썩 좋은 식품이 아닌 것 같다.

사람에 따라 정력이 강한 자가 있다. 이런 사람은 정력 감퇴 약을 복용해서 조절하는 것이 좋을 것이다. 그렇지 않으면 때 없이 일어나는 성적 충동 때문에 무분별한 행동을 하다가 성폭행자로 낙인 찍혀 감옥 가고 죽으면 그 영혼이 지옥으로 떨어진다.

또한 정력이 너무 센 경우에는 단전호흡을 하면 조절이 잘 될 것이다. 단전호흡과 더불어 명상을 하루에 2시간씩만 해도 성욕은 물론 일상생활에서 비롯된 분노 증오심 모든 스트레스가 사라진다. 그것은 누구에겐가 억울한 일을 많이 당해 마음에 쌓인 사기가 밖으로 배출되어 심신이 맑아지기 때문이다.

누구든 시간 나는 대로 명상을 열심히 해서 스스로 자기 전생을 보게 되면 남에게 피해되는 일은 절대로 하지 않을 것이다. 사람이 자기 전생을 보게 되면 영혼은 영원히 산다는 것을 알게 되고 또한 남에게 잘못을 하게 되면 그 대가를 자신이 받는다는 것도 알기 때문이다.

아무쪼록 남의 것을 빼앗고 치고 박고 싸우고 멍들고 울부짖고 후생까지 악연이 이어지는 불상사를 바로잡으려거든 '인륜도덕'과 자기 운명을 알 수 있는 '역학' 그리고 '단전호흡과 명상'을 의무화시키고 따라서 남녀분별 제도도 반드시 세워야 될 것이다.

2015년 어느 날, '실제상황'

요즈음 텔레비전을 보면 사건 사고 소식들이 자주 나온다. 그래도 교통사고 같은 일은 고의성이 없는 잘못이라 안타깝긴 해도 화는 나지 않지만, 그 외에 살인, 강도, 유괴, 강간, 도박, 사기, 절도 등의 내용은 볼 때마다 분노가 일어난다.

내 일상이 늘 그러하듯 그날도 나는 텔레비전 앞에 앉았는데 이런 내용을 보여주고 있었다. 어떤 인간 악종이 정신 지체 아내를 둔 남편에게 접근해 무척 친절하게 해

주고, 나중에는 그 집에 들어가 살면서 남편을 밖으로 자주 데리고 나와 술을 많이 마시게 했다. 그래서 잔뜩 취하면 자신이 부축해서 데려오곤 했다.

그러던 어느 날, 남편이 인사불성이 되니까 그를 업고 후미진 골목에 내려놓고는 때려 죽여서 그 시체를 업고 산속으로 들어가 버린 후 혼자 돌아왔다. 그 후 그는 그의 딸과 혼인까지 하고 임신까지 시켰으며, 장애인(딸도 장애인) 모녀의 집이며 땅을 다 팔아 그 돈으로 술집에 드나들며 진탕 마시고 취하면 술집 여종업원들을 끌어안고 희롱했다.

그는 결국 돈이 바닥나자 산속에 오두막집을 지어놓고 장애인 모녀를 그곳에 살게 했다. 그리고 그들에게 날마다 산에 가서 약초를 캐오라 했다. 그는 그 약초도 장터에다 팔아서 그 돈으로 먹고 마시고 취하면 여인네들을 희롱하며 나날을 보냈다. 그러다가 약초가 없어 못 캐오기라도 하는 날은 그 모녀를 작대기로 때리고 발로 차고 짓밟고 머리채를 움켜잡고 이리저리 패대기치는 행패가 너무 포악하고 잔인무도해서 차마 볼 수가 없었다. 이런 사건이 무슨 영화나 드라마도 아니고 2015년 5월 중순경에 케이블방송 '실제상황'에서 나온 실화다.

사람이 이렇게까지 되는 것은 첫째는 그 부모가 태교를 잘못한 결과이고 둘째는 국가에서 교육 제도를 잘못 세워 잘 가르치지 못한 탓도 있다. 임산부가 남을 시기하고 질투하여 나쁜 사람을 심하게 미워하면 자기 속이 먼저 상하고 자기 속이 상하면 심장을 비롯해서 전신을 이루고 있는 체세포들이 활활 타서 재가 되고, 타버린 재에서 나오는 기는 전부 사(死)기인데 태중에 아이가 이런 나쁜 기를 체세포에 축적하고 태어나면 임산부의 생각과 느낌을 그대로 행동하며 살게 된다.

이 또한 이런 사람에게는 우주에 휘도는 사(死)기도 따라 붙고 패악을 부릴 때마다 악령들이 따라붙어 악행을 더욱 부추긴다. 이러니 임산부는 태교를 잘 해야 되지 않겠는가. 그리고 사회가 정말로 인류 평화를 원한다면 어릴 적부터 좋은 교육을 시켜야 될 것이다.

요즈음 우리나라에 국선도나 명상 등 참선하는 붐이 일고 있다. 이런 운동을 성인들만 할 것이 아니라 초등학교 때부터 시키면 더 좋을 것이다. 국선도는 체조처럼 체력 단련과 혈액 순환이 잘되어 좋고 참선은 정신 집중이 잘되어 공부도 더 잘할 수 있어서이다.

국선도는 한 시간 정도면 충분할 것이고, 참선은 초등 1학년 때는 10분으로 시작해서 학년마다 10분씩 늘려 6학년 때는 60분으로 가르치면 될 것이다. 누구든 참선을 해서 자기 전생을 보게 되면 현재 살고 있는 행동에 따라 후생도 정해진다는 것을 알 수 있다. 그래서 누가 천금을 준다 해도 남에게 피해가 되는 짓은 하지 않을 것이다.

그리고 중학교 때는 명심보감을 가르치면 좋을 것이다. 이 책 속에는 공자를 비롯해서 여러 성현들의 실천철학이 기록되어 있어 책 한 권으로 다양한 지식을 얻을 수 있다. 사람은 지식이 넓어야 지혜가 발달하여 사물의 이치나 선악을 분별할 수 있는 것이다.

또한 고등학교 때는 주역을 가르쳐야 될 것이다. 주역은 태양의 둘레를 공전하는 별들을 잘 관찰하여 그들의 형체에서 발생하는 기들의 화합으로 천지 만물의 변화무쌍한 생사의 원리를 해석해서 설명한 책이다. 주역을 공부하면 자기 운명을 알게 되고 운명을 알면 후회 없는 인생을 살게 된다.

박문진 자서전 중에서

　나는 1944년 9월 19일 전라남도 영광군 대마면 농주라는 마을에서 태어났다. 위로는 오빠 셋, 언니 하나, 밑으로는 남동생 둘, 여동생 하나 이렇게 팔 남매 중 다섯째로 태어난 나는 이상하게도 몸이 연체동물처럼 흐늘거리고 말이며 행동까지도 무척 느리다. 그래서인지 우리 부모님께서는 내게 주로 다음과 같은 일만 시켰다. 봄이 오면 나물이며 쑥 캐고, 여름엔 이른 나락 논에 새 보고, 집 보고 아기 보고 곡식 널어놓은 멍석에 닭 보고…….

이런 일들이 남이 보기에는 편할지 모르지만, 나는 말동무 하나 없이 외롭고 지겹기 짝이 없었다.

이른 봄에는 나물 캐면 손등이 쩍쩍 벌어져 아프고 늦은 봄에는 논둑이나 밭둑에서 뱀이나 구렁이 따위가 나와 소름이 돋고 논둑에 서서 나락 논의 새를 볼 때는 땡볕이 쏟아져 따갑고 전신에 땀띠가 일어 쑤시며, 쥐약 먹은 쥐가 죽어서 썩은 곳에 쉬파리가 알을 낳아 득실하면 토악질이 나오고, 집 볼 때는 동냥아치가 무서워서 벌벌 떨리고, 아기들은 방 안에서 응애 거리고, 닭들은 멍석에 곡식을 헤저어 놓았다. 나는 이런 일을 여덟 살에서부터 열아홉 살 되던 여름까지 했다.

봄, 일 없는 사람들에게는 즐거운 계절일지 모르지만 내게는 너무 가혹한 날들이었다. 그때 내 또래 아이들이 장다리 꽃밭에서 봄 나비 한 쌍하고 노래를 부르면 나는 속으로 이렇게 중얼거렸다. '아이구, 봄 나비 좋아하네.

요놈의 봄이나 안 왔으면 좋겠구만.'

몇 십 년이 지난 지금도 나는 봄이 너무 싫다. 그래서 개나리, 진달래와 가지각색 꽃들이 요요작작 흔들어대도 밖에 나가고 싶은 생각이 전혀 안 난다.

쥐구멍에도 볕 들 날이 있다더니 내게도 이제 즐거운 일이 생겼다. 내가 아홉 살 되던 해 겨울이었다. 마을에 무슨 야학 바람이 일어 야학에 다니게 되었다. 한글을 전혀 몰랐을 때는 글자에 대해 아무 관심이 없었다. 그런데 조금 알고 나니 참 재미있어서 더 배우고 싶었다.

그러나 야학은 농한기에만 가르치기 때문에 더 배울 수 없었다. 그래서 날마다 글공부만 가르친다는 학교에 다니고 싶었다. 그러나 부모님은 학교는 고사 간에 공책 한 권 사주는 일이 없었다. 종이가 없어 쓸 수는 없어도 책은 볼 수 있었다. 그래서 나는 이야기책『류충렬전』을 날마다 붙들고 있었는데 그때마다 어머님은 공부해서 용상에 앉을라냐고 야단쳤다. 나중에는 식구들 눈을 피해 책을 보고 땅바닥에 앉아 글씨도 썼다.

그러다 어느 날 모래밭에 앉아 글씨를 쓰다가 나도 모르게 모래를 손으로 쓸었는데 방금 쓴 글씨가 지워졌다. 그걸 본 나는 너무 좋아서 소리를 질렀다. 그것은 모래 위에 다시 글씨를 쓸 수 있어서였다. 그동안 땅바닥은 한 번 쓰고 나면 파헤쳐져 다시 쓸 수 없었다. 그때부터 나는 모래 위에 글자를 자주 썼다. 새를 보든지 쑥을 캘 때는 언제나 그랬다. 이렇게 모래는 내게 찢어지지 않는 종이로 펼쳐져 내 원을 풀어주고 있었다.

사람의 운은 십 년에 한 번씩 바뀐다더니, 내가 열아홉 살 되었던 겨울이었다. 그때 큰오빠와 셋째오빠가 영광 읍에다 양복점을 차렸는데 잘 되는 편이었다. 이제 저녁 식사를 각종 죽으로 연명하던 신세도 면했고 새나 보고 나물만 캐던 내 일상도 바뀌었다.

당시 나는 셋째오빠가 양재 학원에 보내 주어 다니고 있었다. 학원은 다녀도 별 재미를 느끼지 못했다. 양재 학원은 천을 재단해서 옷을 만드는 기술을 가르치는 곳이지 글공부를 하는 데가 아니었기 때문이다. 나는 학원에 오갈 때마다 영광읍 중학교 앞을 지났는데 그때마다 교복 입는 여중생들이 무리지어 다니면 그렇게 부러울 수가 없었다.

　　나이 스물넷에 결혼을 하게 되었다. 맞선 보던 날, 남편 될 사람이 별로 마음에 안 들었다. 그래도 결혼한 건 그가 막내아들이라 딸린 식구가 없어서였다. 그때 우리 친정집은 아홉 살 밑으로 애들이 일곱이었다. 동생들에다가 두 올케언니가 낳은 조카들까지, 그래서 집안이 늘 시끄러워 책을 볼 수 없었다.

　　시집가면 조용한 방 안에서 책을 볼 수 있을 것 같아 혼인을 했다. 헌데 결혼한 지 몇 달 안 되어 남편이 다니던

회사를 그만두었다. 게다가 나는 임신까지 한 상태였고, 이런 내 소식을 들은 셋째오빠가 가끔 오셔서 식량을 주고 연탄을 때어 주어도 늘 허기지고 부족했다.

나는 생활이 이렇다 보니 책 보는 일보다는 돈을 먼저 벌어야 될 것 같았다. 그래서 양장점을 했는데 그것도 잘 되지 않아 일 년도 못되어 그만두었다. 남편도 보험 회사를 다니더니 몇 달 안 되어 그만 두고 안경점을 하더니 그것도 얼마 못하고 그만 두었다.

나는 하는 수 없이 친정살이도 했고 나중에는 종이봉투를 만들어 길거리 시장에 팔기도 하고 마스크를 만들기도 했다. 그거 하나 만드는 데 품삯은 이 원이였으니까 백 개나 만들어야 이백 원을 벌 수 있었다. 나는 그 돈을 벌려고 새벽부터 저녁까지 재봉틀을 돌려 댔다. 그렇게 벌은 이백 원으로 하루생활을 해도 아기들 둘이나 데리고 친정살이 하는 것보다는 마음이 편했다. 헌데 그것도 복이라고 신이 시기를 하는지 무릎이 아파서 더 만들 수 없었다.

궁하면 통한다고 했던가? 먹고 살 길이 막막하던 때에 남편이 영광읍 농촌 지도소에 취직이 되었다. 우리는 그때부터 생활이 안정되었고 지금도 그 인연으로 끼니 걱정 없이 살고 있다. 그때는 봉급, 지금은 공무원 연금을 받고 있으며 누가 언제 공무원 연금법을 만들었는지는 모르지만 처음 그 제도를 만드신 분들에게 마음을 다해 감사드린다.

나는 그동안 딸, 아들, 딸 이렇게 삼남매를 낳아 키우면서 틈만 나면 책을 읽었다. 그때 나는 우리나라 소설에서부터 세계문학전집, 한국사, 세계사, 위인전, 사상전 등 광주 서점이나 이동도서관에 있는 책은 모두 빌려 읽었다.

더 읽어야 할 책이 없자 나도 글을 쓰고 싶어졌다. 결정적인 동기는 세계문학전집에 들어 있는 루소의 글 때문이었다. 그때까지만 해도 글은 학력이 높은 사람들만 쓰는 것으로 알았다. 그래서 감히 엄두도 못 내고 다만 어릴 때 학생들을 부러워하듯 글 짓는 작가들만 무한히 부러워했을 뿐이다. 그런데 루소도 나처럼 학력이 전무인데도 글을 짓고 책을 냈다. 나도 용기를 얻어 그때부터 펜을 들었다. 그러나 쓰고 지우고, 쓰고 찢고, 아무리 써도 잘 써지지 않았다.

그동안 나는 바람이 나무 끝 지나가듯 남의 글만 읽었을 뿐 우리나라 국문법은 전혀 모르고 있을 때였다. 그런 주제에 글을 쓴다고 썼으니 문장의 짜임새가 제대로 될 리 없었다. 그래도 포기를 못하고 천 페이지가 넘는 국어사전이 너덜해지도록 뒤적이며 썼지만 수준 높은 단어나 아름다운 묘사는 고사 간에 문장 배열도 잘 안되었다. 그때야 나는 내가 국어실력이 형편없다는 것을 알게 되었다.

그래서 쓰던 글을 멈추고 광주 향교를 다녔다. 국어사전에는 한문도 많이 있는데 글을 쓰려면 한문도 많이 알아야 될 것 같아서였다. 광주 향교에서 공·맹자의 도덕경에서부터 사서삼경까지 배웠다. 주역을 배워서 알고 보니 우주의 삼라만상의 생사원리가 저절로 풀렸다. 그런데 아무리 좋은 말도 여러 번 반복하면 질린다고 하더니 향교를 8년이나 다니고 보니 싫증이 났다. 그래서 또다시 글을 썼다.

그때는 혼자가 아니었다. 아는 문예창작모임에 들어갔다. 난생 처음으로 교수님 강의를 듣는 나는 그 유창한 언어 실력에 매료되어 혼신을 다해 경청했다. 그리고 그때부터 나는 그 교수님을 무척 존경하고 거의 신성시했다. 그래서 평소와는 달리 강의가 있는 날은 새벽부터 일어나 목욕재계를 하고 다녔다.

6개월의 교수 초빙 수업 계약 기간이 끝나갈 무렵 교수님은 수강생들에게 수필 한 편씩을 써오라 했다. 나는 당시 「찢어지지 않는 종이」라는 글을 써 교수님께 보여드렸다. 내 작품을 보신 교수님은 날더러 천재적인 소질이 있다고 하셨다. 나는 그 말씀에 기분이 너무 좋아 훨훨 날 것 같았다.

내가 그 작품을 쓸 때 밤낮으로 쭈그리고 있었더니 남편이 보고는 이랬다. "이것도 무슨 글이야?" 게다가 중학교 국어 선생인 큰딸도 글답지 않다고 무시한 작품이다. 그런데 문학 박사이자 시인이며 국문과 교수님이 칭찬해 주시자 얼마나 감격스러운지 하늘을 나는 기분이었다. 그동안 나는 건강이 안 좋아 많은 작품을 쓰지 못했지만 늦게나마 책 한 권 낼 수 있는 것도 교수님이 용기를 주신 덕분이라 생각하며 한없는 감사를 드린다.

그 후 나는 또 다른 문학회에 입문했다. 전에 문예창작

모임에서 같이 공부하던 문우가 소개해주어서였다. 이분은 성품이 오월의 신록처럼 순수해서 내가 좋아하는 사람이다. 전라수필문학회에 입문한 나는 물 만난 고기처럼 즐거웠다.

그런데 그 즐거움도 얼마 가지 못했다. 한번은 전라수필 『그리움을 안고서』 문집을 낼 때였다. 총무한테서 전화가 왔다. 내 작품 「찢어지지 않은 종이」를 우리 문집에 내면 전라수필이 창피한 일이라고 했다. 나는 "왜?"라고 물었고 "학벌이 없는 사람이 문학회에 있는 것이 창피스럽다고 해서요."라고 했다. 나는 "누가?"라고 물었고 그러자 그녀는 회원들이 그런다고 대답했다. 그렇지 않아도 학교에 못 다닌 한이 맺혀 있는 가슴에 불을 놓고 있었다. 그래서 나는 "글쟁이가 글만 잘 쓰면 됐지 학벌이 무슨 상관이냐!"라고 화를 버럭 냈다.

나중에 그런 말을 했다는 문학회의 회원이 누군지 들

게 되었다. 그는 이상하게도 지도 교수님이 내 글을 칭찬할 때마다 항상 나를 노려보고 어쩌다 마주치면 고개를 돌리곤 했다.

어느 날 집에 가는 방향이 그 회원과 같아서 택시를 같이 타게 되었다. 그리고 내가 먼저 내리게 되어서 택시비를 내가 냈더니 운전수 손에서 돈을 낚아채서 나한테 던지는 것이었다.

하여간 나는 내가 직접 듣지 않아서 정말로 그가 나 같은 무학자가 자기하고 같은 모임에 있는 것을 남이 알면 수치스러운 일이라고 말했는지는 모르지만 나를 만날 때마다 앙칼지고 매몰찬 시선 때문에 그 수필문학회에 있기가 몹시 힘들었다.

게다가 그 글은 누가 써주었을 것이라는 소문도 돌았다. 이 말은 누가 했는지 지금도 모른다. 나는 그 말을 듣고 너무 억울했다. 내게 국어선생 딸이 있어 그런 의심을 했는지 모르지만 우리 딸은 내 글을 컴퓨터 쳐주고 교정만 했을 뿐 한 문장도 고치거나 써준 일이 없었다.

법정스님 같은 대 문필가도 컴퓨터 교정은 남에게 부탁해서 책 편다고 했다. 그리고 우리 집은 6·25전쟁 직후부터 해마다 이른 나락을 심었는데, 나는 나락이 익을 때마다 한해도 거르지 않고 열아홉 살까지 새를 봤다. 그래서 삼복더위 속에 논두렁에 우두커니 서서 붉은 해가 서산마루에 걸릴 때까지 몸소 겪은 일이라 나나 썼지 이런 일 해보지 않은 사람은 국어 선생 아니라 문학 박사도 쓰지 못한다. 왜? 자신이 한 일이 아니라 생각을 못하기 때문이다.

그런데 내 수필을 누가 써주었다고 의심하는 사람은 자신이 그만큼 무식하고 무지하다는 것을 세상에 알리는 짓이다. 하도 그 모임에 있기가 힘들어서 나중에는 보고 좀 웃으라고 「소문만복래」 같은 작품을 써냈더니 역시 내 계획대로 더러 웃어주는 때도 있었다.

　고진감래라 했던가. 이렇게 불편하기 짝이 없는 모임에서도 열심히 썼더니 내게도 등단이라는 영광이 찾아왔다. 나는 1995년 수필과비평사에 「부유하던 혼」으로 응모하였는데, 그 해 여름 어느 날 당선 소식이 왔다. 그때 아직도 교수직에 계셔서 시간이 별로 없으셨을 텐데 그래도 틈을 내서 열심히 가르쳐 주신 교수님께 더없는 감사를 드린다.

부유하던 혼

한동안 나는 사는 일이 그저 무의미하게만 느껴졌다. 그래서 나는 '내가 왜 사는가'에 대해 물음표만 수없이 찍었다. 그때는 내 인생 뿐만이 아니라 남들이 즐겁게 사는 것까지도 이상해 보이고, 심지어 이제 갓 태어난 아기를 봐도 그 인생 여정이 심난하기만 했다.

아무리 손을 부지런히 놀려서 일을 한다고 해도 능률도 오르지 않았고, 일을 해서 두둑이 쌓아놓아도 내가 일했다는 생각이 들지 않았다. 장사를 해서 돈을 벌어도 별난 흥이 없고, 씨를 뿌려 곡식이 알알이 익어도 마음이 풍요롭지 않았다. 누가 무엇을 주어도 달갑지 않았고 누가 나를 보고 싶어 왔다 해도 그다지 반갑지 않았다. 참으로 재미라고 추호도 없었다.

어쩌다 심신이 피곤해서 자리에 누워있어도 내가 땅에 붙어있다는 생각이 전혀 없고, 마치 내 육신이 지구에서 분리된 하나의 파편처럼 허공중에 떠 있는 기분이었다.

그것은 내가 내 인생을 내 뜻대로 살지 못하고 억지 인생을 살기 때문에 마음이 그렇게 떠돌았는지도 모른다. 같은 지역에서 오래 살아도 어쩐지 늘 낯설게만 느껴지고, 남들과 더불어 어디 여행을 해도 무인지경을 걷는 것처럼 그렇게 외로울 수가 없었다.

내 괴벽은 그것뿐이 아니었다. 육안으로 보이는 온갖 물체가 다 괴기스럽게만 보이고, 심지어 곱고 아름다운 꽃까지도 추하고 별나게만 보였다. 꽃 중에 왕이라는 모란을 보아도 아름답다는 생각이 전혀 없고, 향이 짙고 요염해서 열정의 상징으로 통하는 장미를 보아도 그랬다. 장미는 무엇보다도 가시 돋친 넝쿨로 어디든 기어올라 남의 생명이야 어찌되던 아랑곳없이 자신만 살겠다고 피어 있는 모습이 그렇게 가증스러울 수가 없었다. 어느 열사의 표상 같은 동백나무도 겨울을 이기는 의연한 모습이 장하다기보다는 오히려 그 두꺼운 잎새들이 음흉해 보이고, 때로는 한으로 점철된 가슴을 안고 속 울음만 치는 것 같아서 그분위기가 음산하게만 느껴졌다. 지금은 사분사분 날리는 눈보라 속에서 수줍은 듯 내미는 동백 꽃잎이 그렇게 곱고 예쁠 수가 없는데, 그때는 그것마저도 어느 한 맺힌 혼령의 화신 같아서 눈길만 스쳐도 소름이 돋았다.

모든 것이 돼지의 눈에는 돼지로 보이고, 부처의 눈에는 부처로 보인다더니, 내 마음이 잘못되어 있어서 그랬는지 만사가 다 그렇게 보였다. 그때 나는 심한 우울증 염세증에 시달리고 있었다. 내게 그런 증세가 오기까지는 물론 내가 마음을 잘못 쓴 탓도 있겠지만 내게 주어진 환경도 나를 그렇게 되게 만들고 있었다.

내가 어릴 때 우리 친정 집안은 여자는 잇몸을 내놓고 웃어도 안 되고, 소리가 나게 웃어도 안 된다고 했다. 이유인즉 여자의 소리는 무조건 담 밖을 넘어 가면 집안이 망한다는 것이다. 암탉이 울면 그러듯이 이외에도 여자가 지켜야 할 사항이 여러 가지였는데, 그중에서 내가 가장 지키기 어려운 종목은 책을 보지 못하게 하는 것이었다.

그런데 시집을 오니까 남편은 그보다 한술 더 뜨고 있었다. 여자는 남편 직장에 전화를 해도 안 되고 남편 귀가가 아무리 늦어도 올 때까지 아무 불평 없이 잠자코 있어야 한다고 했다. 계 모임은 물론 학원에 나가 영어나

한문 등 공부하는 것도 허락 안 했고, 교회나 절에 가는 것도 싫어했다. 그리고 오직 내게 허락된 자유의 공간은 이웃에나 가는 것뿐이었다. 이웃과 어울려 놀다보면 어제 한 말을 오늘 또 하고 항상 그 말이 그 말이어서 지루했다. 그리고 같은 이야기를 진종일 듣다가 집에 오면 무언지 모르게 허송세월만 보낸 것 같아 허무하기 짝이 없었다. 그런데 하루는 이웃에 사는 성희 엄마도 어디 가고 없어서, 그 마을에 있는 망구당 집으로 갔다. 그곳은 언제나 그랬듯이 그날도 할머니들은 담배내기 화투 놀이를 하고 있었다. 나는 앉아만 있기가 무료하고 해서 나도 그 놀이에 끼어들었다.

화투, 그것은 아무리 쳐도 호탕하게 웃을 만큼 좋은 일은 없었다. 그러나 딱딱 치는 소리가 무언지 모르게 속이 시원했다. 어쩌면 그것은 그동안 쌓인 화풀이라고 생각되어 속이 그렇게 후련했는지 모른다. 하여간 나는 하루

종일 쳐봤자 담배 열 개비 이상 따는 일도 없고, 또한 그 이상 잃는 일도 없는 짓을 해가 지고 달이 뜨도록 했다.

차면 기울 듯이 인간에게도 자연의 이치처럼 살다보면 어떤 변수가 오는가 보다. 하루는 화투를 치고 집에 오니까 남편이 생각지도 않았던 세계문학전집을 한 질이나 사다 놓고 나를 기다리고 있었다. 나는 느닷없는 남편 행동에 어리둥절했다. 그동안 남편은 내가 책을 무척 좋아하는 줄 알면서도 책 한 권 사오는 일이 없었다. 이러니 내가 놀래는 것도 무리는 아니었다. 남편은 어쩌면 내가 지적으로나 문화적으로 발전하는 것보다는 세상사 아무것도 모르는 자연인으로 있어 주기를 원했는지도 모른다.

어릴 때도 내가 책만 보면 집안 식구들이 일은 안하고 쓸데없는 짓한다고 야단을 했다. 그런데 결혼하니까 남편도 내가 책을 보면 여자가 책을 봐서 무엇 하느냐, 가정주부는 그저 살림이나 잘 하면 된다는 둥, 그런 시간과 힘이 있으면 무슨 장사라도 하는 것이 더 낫지 않느냐고 은근히 내 취미를 다른 데로 유도하기도 했다.

물론 그때 우리 생활도 어렵고, 또한 내 건강도 관절통으로 밥도 제대로 못할 만큼 어려운 때였다. 그래서 남편 말이 수긍은 가면서도, 내가 간절히 하고 싶은 일을 극구 못하게 가로 막는 장애물들이 언제까지 따라 다닌다는 사실에 부아가 치밀었다.

그래서 하루는 속이 상한 김에 보던 책을 전부 모아 태워버렸다. 없애버리고 나면 단념이 될 줄 알았는데 그것이 아니었다. 책이 없으니 세상에서 가장 소중한 일거리를 잃어버린 것 같았고, 마음은 늘 그걸 다시 찾아 허공중에 떠돌았다.

남편이 내게 책을 사다 준 것은 이제 화투 그만 치고 저녁 좀 일찍 해주라는 뜻이었는지도 모른다. 그러나 나는 이유야 어찌됐든 그것이 앞으로는 내가 책을 봐도 된다는 허락이기 때문에 즐거웠다. 나는 그때부터 책을 본격적으로 읽기 시작해서 작가도 제목도 기억 못할 만큼 수없이 읽었고, 지금은 이렇게 글을 쓰는 일을 하고 있다.

글 쓰는 일이 무척 고달프기는 하지만 그래도 내가 좋아하는 일이라 그런지 별로 고생스럽다는 생각이 없다. 그리고 한 편 한 편 글을 써서 완성을 해놓으면 세상에 없는 보물을 하나 내 손으로 탄생시킨 기분이 들어 그렇게 즐거울 수가 없다.

사람은 짐승과는 달리 먹고만 살 수 없는 모양이다. 이것을 나는 내 체험을 통해서 깨달았다. 그리고 사람은 누구나 남에게 피해가 되지 않는 일이라면 무엇이든 자기가 하고 싶은 일을 하고 사는 것이 바로 삶의 낙이고, 그 낙이 생의 여정에 윤활유가 된다고 본다.

이제 나는 일 년 내내 방 안에 있어도 답답하다는 생각이 없고, 전에는 그리도 밉고, 주체스러웠던 것이 다 좋고, 아름답고, 사랑스럽다. 그리고 무주고혼처럼 떠돌던 마음도 이제 육신으로 다가와 책에 글에 뿌리를 내딛고 열정을 다해 쓰고 있다. 나는 죽어서 다시 이 세상에 태어난다 해도 책을 읽고 글을 쓰는 삶이 되고 싶다.

찢어지지 않는 종이

　동창이 뿌옇게 밝아오면 뒤뜰 대나무 숲에선 언제나 참새 떼들이 먼저 일어나 아침을 알리곤 했다. 새벽잠이 없는 나는 아직 어둑한 천장을 지그시 응시하며 저 새들이나 다 잡아버리는 방법은 없을까? '앞산 공동묘지 귀신들은 항상 무엇을 하고 참새 한 마리도 안 잡아가는지……. 딱보 도깨비도 이름만 무섭지 아마 참새 한 마리도 못해보는 모양이다.' 나는 그때마다 속으로 이렇게 중얼거리면 짜증스런 마음으로 자리에서 일어났다.

우리 집은 앞에서 별로 멀지 않는 곳에 논이 있는데 그곳에 해마다 이른 나락을 심었다. 그 벼는 보통 나락 만도리할 때 벌써 이삭이 나와 여물어 들었고 그때마다 나는 새를 보았다. 뒤뜰 대나무 밭에서 재잘거리며 놀던 새들은 배가 고프면 어김없이 우리 논으로 날아들었다. 그리고 석양이 되면 서산 너머에 있는 읍내 쪽으로 날아갔다. 동네 어른들 말씀에 의하면 읍내에는 둥근 기와지붕이 많이 있는데 그 기왓장 속에서 잔다고 했다. 그리고 우리 마을에서 읍내를 가려면 일명 딱보라는 개천이 있는데 그곳에서는 도깨비가 잘 나온다고 했다. 그래서 나는 딱보를 건너오는 참새들을 도깨비가 혼을 내주었으면 했다.

음력 칠월 초순의 불볕은 덥다 못해 뜨겁다. 이런 폭염 속에서 날더러 어쩌라는 것인지 우리 아버지는 새막도 지어주지 않고 석가래 크기만 한 소나무를 하나 베어

다가 논두렁 밑에 심어 놓고 그 밑에서 새를 보라고 했다. 그러나 그 그늘도 오전에는 서쪽 논으로 가버렸다. 그래서 나는 뜨거운 햇볕을 머리에 이고, 숨 쉬는 말뚝처럼 서 있었다.

날이면 날마다 그런 생활이 속으로는 짜증스럽기 무어라 말할 수 없었지만 부모님 명령이 곧 법이기 때문에 따를 수밖에 없었다. 새막이라도 있다면 친구들이라도 불러다 놀 수 있었을 텐데 그늘도 없는 논둑에 나랑 같이 서 있을 사람은 아무도 없었다. 나는 땀이 흘러서 얼굴에 성애가 일고 목이 마르는 고통보다도 진종일 말동무 하나 없는 외로움이 더 괴로웠다.

나를 괴롭히는 것은 그뿐이 아니었다. 아침 일찍 논둑을 걷다 보면 이슬에 젖은 치마는 다리에 착착 달라붙었고, 해가 뜰 무렵에는 온몸에 땀띠가 기승을 부렸다. 어쩌다 새들이 좀 뜸해서 가만히 있으면 또 개미들이 기어

들어 물어뜯고 비가 올 조짐이 보이면 새들도 장마에 대비를 하는지 더 극성을 부렸다. 그리고 뜨뜻하고 후덥지근한 기운을 타고 뱀까지 나와서 느리디 느리게 지나가면 무서워서 견딜 수가 없었다.

거기에다 나를 더더욱 침울하게 하는 것은 저만치 멀리 바라다 보이는 신작로에 검정색 책보를 허리에 두르고 학교에 다니는 아이들이었다. 나는 그들을 볼 때마다 그럴 수 없는 내 처지가 얼마나 한스러웠는지 몰랐다. 그때 나는 이 세상에 살아 있는 모든 생물이 나만 괴롭히는 것 같았다.

내가 아홉 살 되던 겨울이었다. 마을에 무슨 야학 바람이 불어 동네 청년들이 마을 사람들을 가르치게 되었다. 처음 시작할 때는 마을 어른들도 많이 다니고 수가 제법 많았는데 날이 갈수록 학생 수가 줄어들어 나중에는 폐학을 하고 말았다. 나는 그때 배우기 시작한 지 두 달이 될 때였는데 공부할 길이 중단되고 말았다.

어설프게 글을 좀 배우고 나니 날이면 날마다 공부만 하고 싶었다. 그러나 학교는 고사 간에 집에서도 마음대로 할 수가 없었다. 아버지는 한학만 많이 하신 선비로 딸들을 이조 여인처럼 키우려고 하시고 어머니는 팔 남매를 키우시느라 힘이 들어서 그랬는지 언니나 나한테는 어머님 일이나 도와주기를 바라셨다. 그래서 나는 여름 동안은 일속에 묻혀 있다가도 겨울만 되면 나처럼 학교에 못가는 친구들과 더불어 동네 아저씨뻘 되는 이에게 야학을 열어달라고 했다.

그때는 온 나라가 생활 연료를 산나무에만 의존하던 시절이라 장으로 나무 팔러 가는 사람은 많아도 마을에는 땔 나무가 귀했다. 이러니 소여물이나 쑤는 집 외에는 방이 항상 썰렁했다. 그런데서 공부를 하고 돌아오면 그동안 쌓인 눈이 무릎까지 찰 때도 있고 눈보라가 치는 날은 길을 찾지 못해 헤매는 일이 허다했다. 그런데다 설상가 상이라고 사랑방 주인이 밤늦게까지 시끄럽다고 나가라 고 하면 다른 데로 이사를 해야 했다.

그래도 나는 배운다는 기쁨 때문에 고생스럽다는 생각 을 단 한 번도 해 본 일이 없었고, 그라도 오래오래만 가 르쳐 주었으면 했다. 그러나 가르치는 사람마다 음력 설 이 오기가 무섭게 농번기 일 때문에 폐학을 해야 한다면 서 그만두었다.

나는 겨울 동안 배운 것을 잊지 않으려고 혼자라도 집 에서 복습을 하면 어머님은 그렇게 공부해서 뭐에 쓰 려 하냐고 야단을 치셨다. 공부를 못하게 하는 부모님 인지라 공책은 고사하고 반듯한 종이 한 장 주는 일도 없었다.

그래서 나는 어쩌다 횟가루 포대 등을 얻게 되면 그걸 로 공책을 매서 글씨를 썼다. 그때 나는 영락없이 공부에

미친 사람 같았다. 어디서곤 틈만 나면 쪼그리고 앉아서도 쓰고 아기가 등에서 칭얼대면 울타리 곁에 서서 호박에다가도 썼다. 나뭇잎이나 풀잎에 글씨를 쓸 때면 찢어지기 때문에 나뭇가지로 콕콕 찍어서 글씨 형태를 만들었다. 내가 아기 보는 일보다 새 보는 일을 더 싫어한 것은 논두렁에는 넓은 풀잎이나 글씨를 쓸 수 있는 땅이 없기 때문이었다. 그런데 하루는 새를 보다가 우리 논에서 약간 떨어진 언덕 고랑으로 갔다. 그곳은 평소에는 물 한 방울 흐르지 않다가도 비만 오면 여러 산골 물이 모아져 성난 황하처럼 흘러 내렸다. 그리고 그 고랑의 흙도 느닷없이 흐르는 급류에 씻기어 내려가고 모래만 남아서 뜨거운 햇볕에 달구어지고 있었다. 그래서 여름에는 너무 뜨겁기 때문에 별로 가고 싶지 않은 곳이기도 했다. 그러나 나는 사뭇 급하면 집에 있는 변소에 가지 못하고 어쩔 수 없이 그쪽으로 갔다.

어디든 앉기만 하면 글씨를 쓰는 버릇이 있는지라 그러고 앉아서도 모래 위에 글씨를 썼다. 그런데 딱딱한 땅은 한 번 쓰고 나면 푹 패어서 다시 다른 단어를 쓸 수가 없었는데 모래는 그렇지가 않았다. 쓰고 지우면 또 다시 다른 단어를 쓸 수 있었다. 나는 그때 모래를 그렇게 사용할 수 있다는 사실을 깨닫고 얼마나 기뻤는지 모른다. 그동안 모든 풀잎이나 나뭇잎은 말할 필요도 없거니와 아무리 질긴 종이라도 두 번 이상 지우고 다시 쓸 수 없었다. 그래서 종이에 대한 갈망이 무어라 말할 수 없었는데 평소에 별로 관심도 없었던 모래가 찢어지지 않는 종이로 펼쳐져 종이에 대한 간절한 갈증을 풀어 주고 있었다.

나는 그날부터 모래를 퍼다 논두렁에 쏟아놓고 새가 뜸할 때는 글씨를 썼다. 그리고 그 후로는 살갗을 태우는 뜨거운 땡볕도 싫지가 않았고 논두렁에 우두커니 서서 열기를 뿜어내는 붉은 태양을 서산 너머로 밀어 넣을 공

상도 하지 않았다. 그리곤 동창이 뿌옇게 밝아오기도 전

에 자리에서 일어나 희뿌연 들녘으로 달리곤 했다.

천사의 비수

"아기씨! 어르신 계신가요?"

이렇게 물으며 내 곁에 살포시 앉는 그네의 표정은 무언지 모르게 수심이 가득해 보였다.

그네는 어느 산중 마을에서 홀어머니를 모시고 살다가 우리 마을 어떤 과부 아들한테 시집을 왔다. 사람이 배우지 못하면 사람노릇을 다하지 못하다고 했는데 그네는 배운 것은 없어도 사람이 해야 할 도리를 다 알고 있었다. 언제 어디서건 어른을 만나면 지극히 공손했고,

자기 또래에게는 항상 친절했으며 동네 아이들에게까지도 더 없이 다정하게 대해 주었다. 그래서 그런지 우리 마을 사람들은 남녀노소 할 것 없이 그를 좋아하지 않는 이가 없었고, 그를 일컬어 '하늘의 천사'라고들 했다. 그런데 그 시어머니는 이런 사람을 날이면 날마다 시집살이만 시켰다.

그네의 말에 따르면 자기에게는 친오빠가 한 분 있었는데 일제강점기에 북만주로 군대를 갔다가, 해방 후 돌아오기는 했으나 얼굴이며 수족에 얼음이 들어 썩어들었다. 그런데 마을 사람들은 그것이 나병이라고 동네에서 쫓아냈고, 그는 소록도로 가던 중 스스로 바다에 뛰어들어 수중고혼이 되었다고 했다. 그래서 혈육이라곤 달랑 딸 하나 뿐인 그네 어머니는, 딸네 집에 자주 오고 싶어도 자기 시어머니 눈치 때문에 오지 못하고 농사 때나 되어야 와서 일이나 도울 수 있다고 했다. 그러나 아무리

와서 일을 해도 그 시어머니는 자기 사돈을 끼니도 부뚜막에 앉아서 들게 하고 농사일이 끝나기가 무섭게 자기 집으로 보냈다. 그래도 그 어머니는 노예 노역장보다 더 심한 집에 자식을 두고 가기 때문인지 갈 때마다 뒤를 수 없이 돌아보았고, 딸은 딸대로 그런 어머니를 바라보고 서서 흐느껴 울곤 했다.

사람이 화를 속으로 너무 끓이면 눈이 쉽게 상한다더니 그 어머니도 그래서였을까? 나중에는 두 눈까지 어두워졌다. 그런 사람을 그 집 시어머니는 이제 이용할 가치가 없어서인지 농번기가 되어도 자기 집에 발걸음도 못하게 했다. 그리고 며느리까지 친정에 안 보냈다.

그 집 논이나 밭 마지기 수로 봐서는 머슴을 하나 둘만도 한데, 그네 시어머니는 그 많은 농사일을 며느리에게만 시켰다. 그리고 밥도 제대로 주지 않을뿐더러 광 열쇠를 소지한 채 끼니때마다 식구 수대로 꼭 맞게 내주었다. 그래서 갑자기 손님이라도 오게 되면 그네는 굶는 일이 다반사였다. 일은 고되고 먹는 것은 약해서인지 그네는 항상 피골이 상접해 있었다.

옛말에 성인군자도 삼일 굶으면 남의 집 담을 넘겨다본다는데, 그네는 잔뜩 배가 고플 때는 돌쩌귀라도 빼고 쌀을 집어다 먹고 싶어도 그네 시어머니는 그 낌새를 벌써 알아차리고 그랬는지 곡식 그릇마다 금을 그어놓고 다니기 때문에 그럴 수도 없었다.

그네 시어머니는 농사일이 끝나고 겨울이 오면 며느리에게 바느질은 물론 가마니 짜고 새끼 꼬는 일까지 시켰다. 그리고 그것도 부족해서 며느리가 해준 바느질이 조금만 마음에 안 들어도 시침이 막 끝난 옷을 확 뜯어 물항아리 속에 넣곤 했다.

옷이 물 항아리 속에 들어가면 옷만 망치는 것이 아니라 물까지 먹지 못했다. 물속에 들어간 옷을 다시 손질

하기도 어렵거니와 엄동 추위에 물 긷는 일도 보통 고생은 아니었다. 동이에 물이 출렁출렁 넘쳐 따리에 고드름이 맺히면 오리발 같이 빨갛게 언 손으로 훔치면서 명경알 같은 빙판길을 후들거리면서 걸었다.

그네는 남편 공대도 남달리 특별났다. 술도 손수 담가 끼니마다 반주로 올려놓고, 옷도 겨울이면 명주 베를 곱게 다듬어서 해주었다. 그리고 여름이면 한산모시 베로 잠자리 속날개같이 해주었다.

사람이 너무 어리석어서일까? 그는 아내가 아무리 잘해주어도 여자는 의당 그러는 것으로 생각하고 자기 어머니 말만 믿고는 걸핏하면 손찌검까지 했다. 그리고 날마다 한다는 일이 기생집만 드나들었다. 그러나 그네는 남편이 어디를 가든 상관하지 않고 며칠에 한 번이라도 집에 들어오면 입이 함박처럼 벌어지고 얼굴이 복사꽃이 되어 피어났다.

그네 시어머니는 아들과 며느리를 방도 따로 쓰게 하고, 어쩌나 아들이 며느리 방에 들어가면 밤 내내 문 뒤에서 엿보았다. 그래도 어떻게 해서 임신을 했는지 아들 하나에 딸 둘을 낳았다.

　그런데 그네는 두 번째 딸을 낳으면서 시집살이가 더 심해졌다. 이제 겨우 딸 둘일 뿐인데 그 남편은 아내에게 딸만 많이 낳는 여자라고 두 번째 딸이 다섯 살이 되도록 아내 곁에 가지 않았다. 이런 며느리에게 속 모르는 시어머니는 아들 손자를 더 보고 싶은데 아기를 못 낳는다고 구박을 하고, 아들 손자 줄줄이 낳아 줄 또 다른 며느리를 아들과 같이 구하고 다녔다.

　그네는 어떠한 어려움도 잘 참는 편이었으나 자기 남편이 다른 여자 선보러 가는 날은 얼굴이 사색이 되어 있었다. 그러던 그가 어찌어찌해서 또 임신을 했다. 이제 다른 며느리 들여야 할 구실이 없어진 그들 모자는 이번에야말로 딸을 낳으면 처녀장가를 간다고 겁을 주곤 했다.

그네는 들에서 일을 하다가도 갑자기 소나기라도 내리면 집안에 사람이 있는데도 자기가 가서 비설거지를 했다. 그날도 그네는 곧 해산날이 임박한 배를 밀고 다니면서 들에 나가 일을 했다. 그리고 비가 와서 집에 가 비설거지를 하는데, 보리를 널어놓은 덕석 여섯 개를 혼자 다 들여 놓아도 두 모자는 한산모시 옷이 비에 젖는다고 보고만 있더라는 것이다.

그네는 억울하고 괴로우면 우리 집에 와서 하소연을 했다. 그날도 그네는 우리 집에 와서 하는 말이 이제 해산날이 얼마 남지 않았는데 또 딸을 낳을까 걱정이라고 했다. 그네는 기생집에 가는 남편은 볼 수 있어도 집에 사람을 들이는 꼴은 볼 수 없는 건지 이번에야말로 또 딸을 낳으면 처녀장가는 몰라도 사람을 얻을 거라면서 쫓기는 사슴마냥 안절부절못했다.

우리 어머니는 그러는 그녀에게 배가 그렇게 두리벙벙하면 아들을 낳는다고 위로해 주었다. 그네는 그런 말만 들어도 안심이 되는지 우울하던 인상이 다소 풀리면서 석야에 박꽃처럼 소박하게 웃었다. 그러고는 그 후 그네는 일주일도 못 되어 아들을 낳았다. 그러나 아기만 낳고 태를 낳지 못해 죽었다. 참으로 비정하리만치 보고만 있던 하늘도 그제야 후회가 되는지 장례식이 끝날 때까지 비가 내리고, 온 마을 사람들도 며칠 동안 서럽게 울었다. 그래도 그 남편은 자기 어머니와는 달리 조금이나마 양심이 있는지 후미진 곳에 앉아서 소리 없이 울더라는 것이다.

남들이야 한 순간 슬퍼하다가 금방 잊고 다 자기 생활에 열중할 수 있지만 그 남편만큼은 그러지 못하는 것 같았다. 어느 비 오는 날 그 아내가 살아생전에 자주 찾아왔던 우리 집을 그가 아내 대신 추적추적 찾아왔다. 그런데 자기 아내 생전과는 달리 얼굴이 무척 파리하고, 축 처진 양쪽 어깨가 병든 장닭처럼 추레했다. 그는 마루 위에 너부러지듯 앉더니만, "어르신네! 제가 망해야만 어르신이나 동네 사람들이 속이 시원하겠지요?"

우리 어머니는 "아니, 말을 해도 왜 하필이면 그렇게 할까? 아내한테 잘못했다고 깨달았거든 아내 영혼 앞에 사죄하고 명복이나 빌 일이지." "네, 빕니다. 아내 앞에 사죄하고 수없이 빕니다만 비는 것도 다 때가 있는가 봐요. 이제는 다 틀렸습니다." 하고 자기가 꾼 꿈 이야기를 시작했다.

그가 잠을 자는데 자기 아내가 생시처럼 등불을 들고 광으로 들어가더니 곡식 그릇마다 열어서 들여다보고 나가더라고 했다. 그래서 아기가 배고파 이렇게 우는데 젖 안 주고 어디를 가느냐고 했더니 그네가 돌아서서 가슴을 열어 보이는데 그 안에는 시퍼런 비수가 번뜩이더라고 했다.

그러곤 이제 자기 집은 망할 거라고 예언을 하고 있었다. 그러더니 정말로 그 집은 후처를 얻었는데, 세상에서 둘도 없는 악처라고 소문이 나더니 살림을 어떻게 했는지 몇년 안 되어 소리 없이 망하고, 온 가족이 거지가 된 채 어디론가 떠나버렸다.

소쇄원 대봉대를 지은 뜻은

나는 가끔 담양군에 있는 소쇄원을 자주 찾는다. 그곳은 언제나 푸르디푸른 대나무 숲도 좋거니와, 옛날 우리네 선인들이 살던 모습이 그대로 보존되어 있어 그것이 더욱 좋아서이다.

소쇄원은 전라남도 담양군 남면 지석리에 자리하고 있다. 그곳은 양산보(梁山甫)라는 사람이 이조 때 현량과에 등제하여 사헌부에 내정되었으나 자기 스승이 기묘사화로 화를 당하자 스승을 따라 벼슬을 버렸다. 그리고 향리로 내려와 그곳에 농막을 짓고 정착을 하면서 소쇄원이라 했다.

기묘사화(조선조 11대 중종 14년에 일어난 난[亂]) 때, 그는 양반이 상놈을 능멸하는 사회를 타파하고, 당파 싸움과 탐관오리를 물리치고, 평등 사회 이상정치를 주장하다가 뜻대로 되지 않자 탈속한 승려처럼 은둔생활을 한 것이다.

그 후 조정에서는 양산보의 풍부한 학식과 높은 덕망을 필요로 하여 그를 불렀으나 나가지 아니하고, 오직 학문에만 열중하며 성리학을 강론했다. 그리고 한 시대가 지난 숙종 때 이르러서야 홍문관 대제학을 지냈다.

소쇄원은 찻길로 얼핏 지나다 보면 대나무 외에는 아무 것도 보이는 것이 없다. 그러나 안으로 들어가 보면 양산보의 올바른 사상과 정결한 낭만이 구석구석 심어져 있어 그렇게 아름다울 수가 없다. 마치 내면만 가꾸는 사람처럼.

양산보가 그 부근에 높고 우람한 산 다 놔두고 굳이 낮은 언덕 같은 산 아래, 자리를 잡은 것은 아무리 보잘 것 없는 것도 꾸미기에 따라서 얼마든지 아름다워질 수 있다는 것을 세상에 말해 주고 싶어서였을 것이다. 귀(貴)와 천(賤)의 신분의 차이가 현격한 시대에 태어난 그는 양반들에게 노예처럼 당하는 상민들이 안 되어 보여, 평등 사회의 주장을 그런 식으로 표현했는지 모른다.

그래서 그는 내력 없이 등치만 커서 보는 이에게 위압감을 주고 긴 그늘만 만들어서 그 부근에 식물만 못살게 하는 크나큰 산보다는 자기 그늘로 인해 다른 생명이 멍들지 않는 산이 더 좋았던 것이다.

대나무 숲길을 따라 안으로 들어가면 대무 어귀라고 말할 수 있는 곳에 대봉대가 지어져 있다. 그런데 그것이 벼랑 끝에 지어 있어서 보기에는 아슬아슬해도 앉아있으면 무언지 모르게 푸근하고 편안하다. 그곳이 장소와는 다르게 느껴지는 이유는 아마도 심성이 좋고 인정이 두터운 군자가 머물다 간 자리라 그러한가 한다.

절벽 사이에서 철철 쏟아지는 물소리를 벗 삼아 외나무다리를 건너가면 오솔길이 나오고, 그 길을 따라 몇 걸음 들어가면 제월당(霽月堂), 광풍각(光風閣)이 몇 백 년의 풍상을 이긴 채 의연한 모습으로 서 있다.

그곳을 좀 줄여서 설명한다면 덕석만한 곳에 제월당이 지어져 있고, 두어 계단 아래로 내려가면 또 그만한 곳에 광풍각이 지어져 있다. 방이라야 사방 다 해도 두어 평 정도 될까말까이고, 강의실 겸 응접실로 사용했던 마루도 네 평도 다 못되어 보여, 양산보의 검소했던 생활을 그대로 전해주고 있다.

모든 것이 다 소소하고 간략하기만 해도 어딘지 모르게 기품이 있고 범상치 않게 보이는 까닭은, 굳건한 선비의 정신과 지고한 진실이 면면이 배여 있기 때문인가 한다.

양산보가 벼슬을 버리고 은둔 생활을 할 때는 어려운 처지라 그렇게밖에 살 수 없었겠지만, 나중에 홍문관 대제학까지 하신 분이 마음만 먹었다면 얼마든지 고대광실도 지을 수 있었을 것이다. 그러나 그곳은 크고 사치스러운 곳은 단 한 군데도 없고, 오직 반듯하고 튼실한 나무로 견고하게만 지어져 있어, 청렴결백한 그 성품을 대변해 주고 있다. 이것이 양산보의 영원한 빛이며, 좋은 향이고, 시들지 않은 꽃인 것이다.

소쇄원은 그 아름다움이 면밀히 살피고 깊이 생각하지 않으면 그냥 지나쳐 갈 수 있는 곳이다. 형형색색의 화려한 꽃들이 있는 것도 아니고, 산수가 수려해서 풍광이 좋은 곳도 아니다. 그러나 앞뒤로 심어진 나무며 정원수 등, 그리고 필요에 따라서 위치를 정하여 지어진 당을 보면 그 의미가 사뭇 심오하다. 뒤로는 '청송(靑松)은 장부심(丈夫心)'이라 말하는 소나무가 든든하게 받치고 있고,

앞으로는 '군자절(君子節)'이라 일컫는 대나무가 기라성처럼 둘러서서 세속의 풍파를 막아주고 있다.

정원수도 혹한을 이기고 당당하게 피어나 고결한 품위로 서 있는 매화나무, 자세가 곧아 바람에 꺾일지언정 휘어지지 않는다는 은행나무, 긴긴 폭염 속에 세 번이나 피고 져서 세속에 나오지 않아도 볍씨가 익었음을 알 수 있게 말해주는 백일홍 등이 심어져 있다.

심산유곡 고적한 숲속에 은은한 난초향이 있을 것도 같은데, 어느 바람에 실려 갔는가 보이지 않고, 상사화만 드문드문 남아서 기다림의 연속을 안으로 삭이면서 애절한 모습으로 피어 있었다. 상사화는 꽃과 잎이 서로 만나지 못해 붙여진 이름인데, 그 꽃 뿌리는 상사병에 영약이라고 한다. 그래서인지 색심을 안으로 삭이는 유학자가 사는 곳이나 승려들이 사는 절간 앞에 더러 심어져 있다.

양산보는 무에서 유를 창조하듯 별로 특색이 없는 곳에

다 손수 노력해서 사치스럽고 화려한 것은 삭제한 채 오직 정교하고 진실 된 경관을 만들어 놓고 그런 시대가 오기를 기다린 것이다. 그리고 투명한 계곡물에 심신을 씻고 밤이면 제월당에 앉아 달과 더불어 사색을 하고, 낮이면 광풍각에 나와 해를 벗 삼아 공부를 하다가 석양이 되면 대봉대(待鳳臺)에 나와 봉황을 기다린 것이다.

그가 대봉대 옆에 벽오동을 심어 놓은 뜻을 보면 그 의미를 알 수 있다. 봉황은 천리를 날아도 오동이 아니면 앉지 아니하고 대 열매가 아니면 먹지 않는다고 한다. 이 새의 깃은 나는 무리 중에 가장 길고, 세상에 그 모습을 단 한 번만 드러내도 그 나라에는 요순 같은 성군이 태어나고 태평한 시대가 이루어진다고 한다.

당파 싸움, 탐관오리, 양반과 천민의 격차, 빈부 차이, 이 모든 불합리한 사회 구조를 타파해 보려고 그는 대봉대(待鳳臺)를 지어놓고 봉황이 오기를 기다렸을 것이다.

얼굴

사람의 성품이 천태만상이듯이 인간의 얼굴도 또한 천태만상이다. 네모진 얼굴, 갸름한 얼굴, 타원형 얼굴, 인간의 얼굴을 크게 나누어서 구분 짓자면 이렇게 몇 가지에 불과하지만 이것은 어디까지나 조상으로부터 물려받은 윤곽일 뿐이고 각자가 지니고 있는 내밀한 관상은 서로 다르다.

어쩌다 금실이 아주 좋은 부부는 서로 닮은 경우가 있는데 그것도 일부분일 뿐이지 완전하게 같지는 않다.

형제는 물론 한 뱃속에서 한날한시에 태어난 쌍둥이도 같은 것 같지만 서로 다른 점이 있기 때문에 형과 아우로 분별할 수 있다. 이렇게 사람의 얼굴이 서로 다른 것은 저마다 마음 쓰는 것이 시시각각으로 다르기 때문이다. 똑같은 시각에 하나는 진리를 탐구하는 쪽으로 마음을 내면 그 얼굴은 철학자의 인상으로 굳어지고 다른 하나는 물욕에 마음을 내면 욕심쟁이 얼굴로 굳어진다. 속이 엉큼해가지고 남 잘 되는 꼴도 못 보고 늘 시기하고 헐뜯는 사람은 나이가 들수록 얼굴이 중병 든 환자처럼 추하고 더럽게 늙는다. 그것은 남을 미워하고 헐뜯자면 자기 속이 먼저 나빠지고 마음의 현상인 얼굴은 아주 비열하고 용렬하게 굳어진다. 그것은 하는 행동이 늘 야비하기 때문에 인상도 또한 마음에 따라서 그리되는 것이다.

모든 사람이 자기만 좋아해 주기를 바라는 사람은 남

이 친한 사이에 끼어들어 이리저리 이간질을 해서 남의 결속을 분열시키고 파당을 잘 만드는데 이런 사람도 얼굴이 살쾡이처럼 요사스럽게 늙는다. 얼굴 살갗이 유난히 엷은 사람이 성질을 불쑥불쑥 자주 내면 얼굴이 빨리 늙는다. 그것은 심성이 곱고 나쁘고는 관계없이 화를 낼 때마다 엷은 근육이 필요 이상으로 팽창했다가 삽시간에 꺼지기 때문에 그런 현상이 일어나는 것이다. 신경이 지나치게 예민하고 용기가 없어 하고 싶은 말을 꾹꾹 참는 사람은 속병을 자주 하고 얼굴 표정도 항상 신경질적이면 혈색도 또한 누렇다.

이러니 사람의 얼굴은 마음의 거울이라 아니할 수 없다. 인간의 사대육신 중에 얼굴처럼 그 마음을 대변해 주는 부분도 없다. 그래서 링컨은 사람이 나이가 사십이 넘으면 자기 얼굴은 자기가 책임져야 한다고 한 것이다. 링컨이 인간이라고만 말하지 않고 굳이 사십이라고 토를 단 것은 그만한 까닭이 있다. 인간은 어머님의 태중에서부터 부모님의 슬하에 있을 때는 부모님의 뜻대로 행동하고 마음을 쓰기 때문에 생김새가 부모의 의지대로 발달되지만 부모님으로부터 독립된 후에는 자기 생각대로 살기 때문에 자기 생각 따라 모습도 변하는 것이다.

내가 아주 어릴 때였다. 나는 걸핏하면 울기를 잘해 사람들이 나를 울보라고 했다. 하루는 먼 친척 되는 분이 오셨다. 그분은 우리 집에 초행길이라 몰라서 그랬는지 내 이름을 물으셨다. "꼬마야, 네 이름이 뭐지?" 그때까지도 나는 우리 집 호적에 있는 내 이름을 몰랐다. 나는 태어나면서부터 울기를 잘했고, 사람들이 나를 늘 울보라고만 했기 때문이다. 그러나 나는 처음 보는 그분에게 내가 울보라 하기는 싫었다. 그래서 나는 엉겁결에 또 울었다. 그분은 내가 갑자기 울음을 터뜨리는 바람에 몹시 당황한 표정으로 우리 아버지를 돌아보시면서 "아니, 이 녀석이 이름 좀 물었는데 그러네." 하셨다. 그때 우리 아버지는 쿡쿡 웃으시면서 "그 애 이름이 울보라네." 하셨다.

그러니까 나는 내 이름을 입으로 말하지 못하고 행동으로 보여준 셈이다. 그분은 한참 후에야 그 말뜻을 알아차렸는지 아버지보다 더 큰 소리로 껄껄 웃으셨다. 그러곤 며칠 묵고 가시면서 울지도 않았는데 나를 찬찬히 보시더니 "꼬마야, 너는 울보라는 이름이 네 얼굴에 참 잘 어울린다."고 했다. 그때 나는 그 말뜻은 잘 몰랐지만 어쩐지 기분 좋게 들리지는 않았다.

나는 철이 들어서도 소리 내어 엉엉 울지는 않았지만 그렇다고 즐거워서 웃는 일도 드물었다. 그것은 내가 세상 모든 일에 별 흥미가 없기 때문이었다. 이런 마음가짐의 세월이 길다 보니 내 얼굴은 나도 모르는 사이에 무심한 상으로 굳어 있는지 지금은 날더러 "사람이 재미라고는 서푼어치도 없게 생겼다."고 아는 이마다 한마디씩 한다. 이러한 나의 경우는 인간의 얼굴은 마음가짐에 따라 변한다는 것을 수긍하게 하였고 그로 인해 링컨의 말을 긍정하게 되었다.

나는 지금까지 걸핏하면 속병을 자주 앓는 편이었다. 마치 작은 미풍에도 흔들리는 나무처럼 조그마한 일에도 신경을 곤두세우곤 했었는데 그래서 얻은 것은 신경질적인 인상뿐이었다. 이제라도 이것을 깨달았으니 여생이나마 그런 소극적인 성품에서 벗어나 자질구레한 일이나 남의 시기 따위에 신경 쓰지 않고 세월의 풍상을 먹고 묵묵히 사는 산의 성품처럼 넓은 바다의 아량처럼 온갖 불순물을 정화시키고 항상 티 없는 마음을 간직해서 청아하고 순순한 얼굴로 살고 싶다.

흙

　우리는 우리 인간과 더불어 온갖 물체가 생멸하는 이 거대한 덩이를 통틀어 지구라 불렀고 강이나 바다 외에 모든 지면을 땅이라 했다. 그리고 지구의 표면을 덮은 바위가 부스러져서 된 무기물과 동식물에서 생긴 유기물이 썩어서 이루어진 흙이라 하고 인간이 경작해서 먹고 살 수 있는 광활한 흙밭을 토지라 했다.

　요즈음 어디를 가다보면 광활한 들녘 논둑이나 어느 고을 진입로 주변에 '신토불이(身土不二)'라는 표어가 붙어 있다. 이 말을 우리말로 풀이하자면 지구상에 있는 모든 생명의 몸뚱이와 흙은 둘이 아니라는 뜻이고, 더 세부적으로 분석해서 설명한다면 우리나라 흙은 우리나라에서 자생하는 모든 생명체와 둘이 아니라는 의미가 부여되어 있다.

그것은 어느 지방이나 어느 나라이건 간에 그 지방의 기후에 따라 흙이 지니고 있는 색이나 성질이 다르기 때문이다. 이래서 서로 다른 풍토에서 태어난 사람들은 표면상으로는 생긴 구조가 거의 같지만 성격은 조금씩 다르다.

따라서 조상 대대로 자기 지방의 모든 풍토에 깊이 젖어온 사람들은 다른 곳에 가서 적응하기도 어렵거니와 다른 땅에서 나온 농작물 같은 것도 체질이나 입맛에 맞지 않는 것이다. 그런데도 세상은 마른 곡식은 물론 부패하기 쉬운 푸성귀까지도 수입하고 또한 수출을 하기도 한다.

　우리가 일상생활을 무심히 하고 있는데 어디서 갑자기 이방인이 찾아오면 자신도 모르게 몸이 움츠려들고 경계 태세를 갖추듯 체내에 흐르는 작은 세포들도 갑자기 다른 식성이 들어오면 똑같은 반응을 보인다. 물론 체내에 있는 작은 세포들이 한순간 움츠려 든다고 해서 크게 잘못되는 경우는 드물다.

　하지만 우주 법칙이 그렇듯이 지구도 바람이 존재하는 곳은 언제라도 생명이 형성되기 때문에 본래 몸을 구성하고 있는 세포들이 멈추고 있는 동안에 순간이나마 다른 물질이 들어와서 또 다른 생명체를 만들어 내어 본래의 세포보다 왕성해질 때는 몸이 아프다.

　우리의 몸에서 일어나는 암세포 같은 것도 이런 경위로 비롯되어서 처음에는 작은 부위를 침식시키고 결국은 온몸을 파괴시킨다. 이방인이 원주민을 몰아내는 이치와 다를 바 없다. 이러니 아무리 좋다고 아무 흙에서나 나온 음식을 함부로 먹을 것도 아니며 가능하면 태어난 흙에서 나온 것이 자기에게 맞고 건강에도 좋은 것이다.

우리 속담에 범도 죽을 때는 고향 쪽으로 머리를 돌리고 죽는다고 한다. 범같이 표독하고 잔인한 동물도 자기가 태어난 흙, 그것에는 애착이 가기 때문이며 사람이 고향을 그리며 못 잊어 하는 것도 고향의 풍토가 바로 자기 자신의 근원이기 때문에 소중하게 느껴지는 것이다.

일명 두견새 또는 두우리라고도 부르는 새의 전설만 해도 그렇다. 촉나라에는 두우라는 이름을 가진 임금이 있었는데 그는 갑자기 나라를 잃고 망명 생활을 하다가 이국땅에서 죽었다. 그런데 그는 살아생전에 그리도 가고 싶었던 고향을 죽은 백골까지도 돌아가지 못하자 원통한 넋이 새가 되어 봄산 밤 달빛 아래서 '귀촉 귀촉' 하며 노래 부른다고 한다.

사람이 죽어서까지도 고향이 그리워 그토록 간절하게 부르는 이유는 자기가 태어난 땅이 바로 자신의 모태인지라 자신도 모르게 그리되는 것이다. 옛날에 어떤 사람이 곰보이어도 우리 엄마가 제일이라고 했단다. 그랬듯이 나도 어릴 때 우리 고향은 살기가 아주 불편한 곳이었다. 어디서 물 한 방울 흐르지 않기 때문에 여름에는 열흘만 가물어도 오곡에 불이 들어 흉년이 오곤 했다. 덕분에 우리는 늘 가난했고 초식동물처럼 풀뿌리나 나물 따위로 목숨을 연명하던 때도 있었다. 이렇게 허기지고 목마른 고향인지라 살 때는 불만도 많이 했는데 지금은 한 번씩 가서 보며 모든 것이 다정스럽다.

산이 너무 낮아 산도 아닌 것이 나무를 키운다고 속으로 늘 무시했던 낮은 산도 사랑스럽고 물 한 방울 흐르지 않는 천수답 좁은 들도 예전처럼 불만스럽지가 않았다. 아무리 보아도 자랑할 것이 없는 빈약한 고향 땅이

지만 그래도 늘 그립고 정이 가는 까닭은 대대로 조상이

묻히고 나를 낳아 키워준 고향의 흙이 내 육신과 다르지

않기 때문인가 한다.

멍에 벗은 소

소는 개처럼 시끄럽게 짖지도 않으며, 닭처럼 허적이지도 않는다. 여우나 맹수같이 간교하고 으르렁대지도 않으며, 죽어도 돼지처럼 소리 지르지도 않는다. 그렇다 사슴처럼 슬픈 모가지를 해, 보는 이의 동정을 받으려고 하지도 않으며, 꾀꼬리처럼 낭랑하게 울어서 뽐내는 일도 없다. 그리고 귀촉도처럼 흐느껴서 외로운 길손의 마음을 울리지도 않는다. 소가 겨우 한다는 소리는 '음메ㅡ에' 하고 새끼 부르는 일뿐이다.

소의 목소리는 언뜻 듣기엔 별난 특징이 없는 것 같지만 자기 새끼 부르는 소리를 가만히 들어보면 솜처럼 푸근해서 방황하는 마음을 달래주는 성인의 목소리 바로 그것과 흡사하다.

크고 우람한 덩치답게 모든 행동이 과묵하고 아무리 작은 미물에게라도 자기 힘을 휘두르지 않는다. 유별나게 크고 부리한 눈은 별 매력이 없는 것 같지만, 가만히 그 내면을 들여다보면 애증과 선악을 초월한 피안의 바다같이 고요하고 순수하다.

이십여 년 전만 해도 우리는 소 없는 농사를 생각할 수 없었고, 그래서 소는 우리에게 절대 필요한 가축이기도 했다. 따사로운 봄볕이 대지에 내리고, 온 산야가 꽃 피고 새 우는 활기찬 계절에도, 소는 타고난 운명에 승복하듯 딱딱한 논바닥만 파고 있었다. 코 뚫리고 멍에에 눌린 채 인간을 위해 진종일 채찍을 맞으며 사력을 다해 일을 하고 집에 와도 누가 개처럼 쓰다듬어 준다든가, 안아주는 일도 없고 항상 더러운 자리와 거친 먹이만 준비되어 있었다. 그리고 늙어서 일할 능력이 없어지면 그때야 비로소 멍에 벗고 타의에 의해 사형장으로 끌려간다.

사람 같이 잔인하고 교활한 동물도 없을 것이다. 호랑이 같이 악명 높을 짐승도 삶의 본능 때문에 살생을 해도, 사람처럼 약자를 데려다가 어르고 달래서 키우고 부리다가 이용가치가 없어지면 서슴없이 잡아서 가죽은 벗겨 소지품으로 쓰고, 살은 구워서 배를 채우고, 뼈를 고아서 마시지는 않는다.

소는 우리에게 가까이 있는 성인군자인지도 모른다. 일에 임하면 최선을 다하고, 아무리 아픈 채찍을 맞아도 노여워하거나 원망하지 않으며, 타의에 의해서 생을 마치는 순간까지도 소리 없는 눈물이나 흘릴 뿐이지 그 어떠한 반항도 하지 않는다.

그런데도 인간은 어리석고 미련한 사람만 보면 그를 일컬어 소 같은 사람이라고 한다. 사람이 소만 같으면 법이 무슨 필요 있겠는가? 만일 지구상에 모든 동물들이 소처럼 순하고 묵묵히 산다면 세상은 이보다 더 훨씬 평화롭고 아름다울 것이다.

나는 도살장에 끌려가는 소가 소리 없이 우는 것을 종종 보았다. 평상시에는 항상 묵묵하고 담담하던 그도 죽음에 임해서는 눈물을 흘리고, 암수가 서로 사랑을 할 때 웃는 것을 보면 소에게도 인간처럼 희로애락의 감정이 있는지도 모른다. 그런데도 인간은 좋은 소 종자를 만든다는 구실로 질 좋은 수소만 골라서 그 정자를 빼내어 주사기로 암소의 난관에다 수정시킨다고 한다.

이러니 요즈음, 소들은 기계의 문명의 혜택으로 그 무거운 멍에 속에서 헤어나기는 했지만 그 대신 사랑 한 번 못해보고 일생을 마친다. 어디 그뿐인가, 사람들은 연한 고기를 먹는다고 소가 다 성장하기도 전에 도살장으로 끌고 간다. 이러니 씨받이로 선택된 암소 외에는 생이라 할 것도 없는 것이다.

소도 다른 짐승들과 같이 자유롭게 살고, 사랑할 권리가 있는 것이다. 그런데 무정한 인간들은 생명의 본능에서 가장 고귀한 것까지 박탈시키고 있다. 사람이 짐승하고 다른 것은 인의예지가 있기 때문이라고 했다. 그런데, 우리는 언제부터 이렇게 잔인하게 변해 버린 것인가, 같은 인간으로서 부끄러울 뿐이다.

그 얼굴의 그늘에서

"우리 그 산에 갈까?"

"그래, 가자."

자애와 나는 그 산에 가고 싶을 때는 서로 그렇게 말하
곤 했다. 나는 그 산이 좋아서 그 산에 갔고, 자애는 가
야 할 이유가 있어서 그 산에 갔다. 이유야 어찌됐든 우
리는 목적지가 서로 같기 때문에 그곳에 갈 때는 언제든
지 동행을 했다. 한데 자애는 그 산에 가려고 버스만 타
면 좌석에 앉자마자 ○씨 이야기를 시작해서 다시 집에

돌아올 때까지 그 이야기로 일관했다.

우리가 사는 곳에서 그곳까지는 정확히는 알 수 없지만 하여간 버스로 가도 3~4시간이 걸리는 곳이었다. 그런데도 자애는 그 장장시간을 O씨 말만 할 뿐 아니라 그곳에 가서까지도 오직 그 말로 시간을 다했다. 그때 나는 어쩐 일인지 사랑이나 연애 따위에 별 관심이 없었다. 그래서 계속 지껄여대는 자애의 사랑타령에도 흥을 느끼지 못하고 그저 차창 밖으로 흐르는 풍경이나 바라보곤 했다. 듣기 좋은 말도 석 자 반이라는데 내게는 별로 재미도 없는 소리를 계속 해대니 나중에는 짜증이 났다. 그래서 한번은 이렇게 말했다.

"야! 세상에 할 일이 그리도 없어서 팔푼이처럼 연애질을 다 하냐? 이제 그 시시콜콜한 이야기 작작해라."

그랬더니 자애는 내 말이 황당한 듯 펄쩍 뛰었다.

"어머, 이 가시나 좀 봐라. 세상에 사랑보다 더 좋은 것이 어디 있다고 너 그러니? 네 나이 스물에 그것도 모른다면 너야말로 등신이다. 뭐? 시시콜콜해? 인간에게 가장 귀한 것은 사랑이란 말도 못 들어 봤어? 너 지금 한 말이 사실이라면 너는 시집도 못 가고 처녀로 늙어 죽을 것이다."

자애는 얼굴에 핏대를 올리면서까지 내게 쏘아붙였고 나는 그럴 시간 있으면 하던 공부나 더 하라고 핀잔을 주어 대판 싸움을 했다. 그때 자애는 고등학교를 다니다 말고 집에서 놀고 있었다. 왠지 공부가 안된다고 하면서…….

우리는 그 산에서 그렇게 싸운 후 서로 만나지 않았다. 내가 자애를 만난 것도 그 산이었고, 자애와 토라져 헤어진 곳도 그 산이었다. 나는 어릴 때, 어머니를 따라 그 산에 있는 절에 갔었는데, 내 동갑내기인 자애도 역시 자기 어머니를 따라 그 절에 왔었다. 대개의 아이들이 다 그러듯이 자애와 나는 서로 인사치레도 없이 만난 지 불과 몇 시간 안에 누가 먼저랄 것도 없이 금방 친해졌다. 철없던 우리는 법당에 들어 불공드리는 일에는 아랑곳없이 밖으로 뛰쳐나와 아름드리 기둥을 휘감고 돌며 이것은 내 것, 저것은 네 것이라며 무소유의 전당에서 소유를 외치면서 그저 즐거워했었다.

그때 우리뿐만이 아니라 우리 또래의 사내아이도 하나 있었는데, 그가 ○씨였다. 그 아이는 우리 노는 축에 끼여 놀지는 않았지만 자애와 내가 노는데 곧잘 방해를 했다. 자애와 내가 고무줄을 하면 그걸 끌고 어디까지 가기도 했고, 땅 뺏기를 하면 갑자기 달려와 그어 놓은 금을 발로 싹싹 문지르기도 했다.

그러던 나는 열두 살이 넘으면서부터는 그 절에 가지 못했다. 이제 컸다고 집안일을 도와야 했기 때문이다. 그래서 얼마쯤 크는 동안 나는 그들을 만나지 못했다. 그런데 자애와 ㅇ씨는 그 후로도 계속 그 절에 다녔고 그것이 인연이 되어 커서는 사랑으로까지 발전된 모양이었다.

내가 자애를 다시 만나게 된 것은 우리 오빠 두 분이 고을읍으로 이사하고부터였다. 나는 그때 주로 오빠들 집에 있었는데 우연히도 자애네 집이 우리 오빠들 집에서 얼마 안 되는 곳에 있었다. 나는 그때부터 자애와 더욱 친해졌고 내가 그 산을 좋아하게 된 동기도 자애를 따라 다녔기 때문이었다.

자애는 자기 애인인 ㅇ씨가 군대에 가자 날더러 그 산에 다니자고 했다. 자애는 그 산 구석구석에서 ㅇ씨의 체취를 느끼며 또한 그의 자리에 한없이 앉아 있기도 하고, 잎새에 스치는 작은 바람 소리도 ㅇ씨의 발자국 소리 같다면서 화들짝 놀라기도 했다. 때로는 찰찰 흐르는 계곡 물소리도 ㅇ씨의 음성 같다고 할 때도 있고 산성에 피어오르는 안개구름에서도 ㅇ씨의 모습이 보인다고 했다.

나는 어릴 때 그 산에 있는 절에 다니기는 했지만 나이가 너무 어려서 그랬는지 그곳이 그렇게 좋은지 몰랐다. 그런데 자애를 따라다니다 보니 나이가 들수록 그 산에 대한 느낌과 시선이 달라졌다.

60년대 그 당시는 산에 등산객이 없었다. 그래서 그랬는지 절의 법회 날이 아니면 며칠이 가도록 찾아오는 사람 하나 없었다. 그래서 그곳은 언제든지 태고의 정취가 항상 감돌고 그윽한 정적이 내 조용한 성격과 일치되는 것 같아 그렇게 좋을 수가 없었다. 게다가 심안이 다 들여다보이는 투명한 계곡물, 순리를 거역하지 않고 때가 오면 피고 질 줄 아는 자연의 순수성, 강자도 약자도 없는 무등의 세계, 언제 봐도 다툼이 없는 평화의 공간, 그러면서도 철따라 새로이 단장할 줄 아는 그 멋있는 면모, 갈 때마다 새로이 피어나는 그 우아한 절경도 좋거니와 사람이 웅성대는 세상과는 달리 그 어떠한 소요도 없이 항상 그 무한한 고요가 더없이 좋아서 자주 갔었다.

나는 자애 말대로 되지는 않았다. 시집도 가서 처녀면도 했고, 세 자녀의 엄마도 되었다. 그러나 누구를 특별히 좋아해 보지도 않았고 또한 그런 사랑을 받아 보지도 못한 나는 남들이 추억담을 이야기하면 그것이 내심 부럽기도 했다.

그런데, 30여 년이 지난 어느 날이었다. 친구 아들 결혼식에 갔더니 자애도 그곳에 와 있었다. 세월이 무진 흘러 얼굴이 주름진 모습으로 변해 있어도 자애와 나는 금방 알아볼 수 있었다. 우리는 누가 먼저랄 것도 없이 서로 손을 덥석 잡고 웃기만 했다. 그런데 힘없이 비시시 웃는 자애의 얼굴엔 알 수 없는 그늘이 진하게 깔려 있었다.

"어디 갈려고?"

"그 산에."

우리는 인사도 없이 만났다 인사도 없이 헤어진 그 산으로 다시 가고 있었다. 한데 운전대를 잡고 묵묵히 달리는 자애의 어깨가 어쩐지 축 처져 보였다. 나는 무언지 모르게 그 무거운 분위기에 압도되어 아무 말도 할 수가 없었다. 그곳에 도착한 자애는 그 크고 화려한 커피숍에 앉아서도 진한 커피색만큼이나 어두운 표정으로 멍하니 있었다. 나는 공연히 답답해서 나 혼자 말을 했다.

"이곳도 많이 변했지? 이런 호텔이 다 생기고. 그때는 인적이 닿지 않는 원시림 같았는데."

그래도 자애는 대답이 없었다.

"너 왜 그래? 아직도 그때 나에 대한 서운한 감정이 남아있니?"

나는 그것이 아니라는 것을 직감으로 알면서도 그렇게 슬쩍 떠 보았다. 그때야 자애는, "그래 보이니?" 하며 피식 웃어 보였다.

나는 꽤 값나가게 보이는 자가용에, 자애가 입고 지닌 보석으로 봐서 생활의 무게는 아닌 것 같은데, 얼굴에 진하게 각인된 우수가 자못 궁금해서 묻지 않을 수 없었다.

나는 그것이 ○씨와 이루지 못한 사랑 때문이며, 그 일로 결혼한 남편과 사이가 좋지 않다는 말을 들었을 때, 연애의 추억은 있는 것보다는 없는 것이 더 편안하다는 것을 느꼈다. 그리고 즐거움도 없었기에 괴로움도 없는 내 순백한 공허를 그 그늘진 얼굴에서 자위해 본다.

유년시절

1

내가 어릴 때 자란 우리 마을은 해마다 흉년이 잘 들었다. 그 덕분에 우리 마을 아낙네나 처녀들은 정월 보름만 지나면 나물을 캐서 더러는 된장국도 끓이고 더러는 죽을 쑤어 먹는 집도 있었다. 우리 집도 예외는 아니었다. 아니 어쩌면 우리 마을에서 우리 집이 식량난으로 가장 어려웠는지도 모른다. 이유는 경작은 적은데 식구가 많아서였을 것이다.

하여간 나는 여덟 살쯤 되면서부터 나물을 캐기 시작해서 정확하게 열아홉 살까지 나물을 캤다. 그 해 겨울에 우리 오빠들이 영광읍에다 양복점을 차렸는데 돈을 잘 버는 편이었다. 나는 그제야 나물 캐는 신세를 면하게 되었다. 우리 언니는 나보다 여덟 살 위였는데 열여덟 살이 되자마자 나물바구니를 나에게 물려주었다. 이유는 말만큼 큰 처녀가 들에 돌아다니면 안 된다는 것이었다. 그것이 우리 마을에서는 무슨 법칙처럼 다 그러기 때문에 나는 별 불평 없이 혼자 나물을 캤다.

이상하게도 그때 우리 마을은 언니 또래의 처녀들은 많이 있어도 내 또래의 여자 아이들은 별로 없었다. 몇 명 있기는 했어도 더러는 학교에 다니고 또 학교 다니지 않는 아이도 나처럼 날마다 나물이나 쑥을 캐는 애들이 없었다.

나는 누가 시키는 일을 잘 하지 않았다 그래서 나를 아는 사람들은 고집쟁이라고 했다. 그래도 나물이나 쑥은 누가 시키지 않아도 봄만 되면 들에 나가 캐 드렸다. 나는 그 일이 즐거워서 한 것은 절대로 아니었다. 내가 그걸 캐지 않으면 누가 캘 사람이 없어서였다.

어머니는 언니와 같이 늘 길쌈 하고 밥 하고 빨래 하고 게다가 어머니는 밭에 나가 김을 매기 때문에 언제 나물 캘 틈이 없었다. 그때 시대는 밥하는 일이 지금처럼 수월치 않았다. 텃밭에다 푸성귀를 갈아 가꾸어서 뜯고 다듬고 게다가 동네 한가운데 있는 샘에 가서 두레박으로 물을 퍼내어 씻어다가 그렇게 씻은 푸성귀를 무쇠 솥에 물을 붓고 불을 때서 데치기도 하고 삶기도 해서 반찬을 만들었다. 이러니 50년대 그때는 2000년대인 지금하고는 비교도 안 되게 바쁜 생활이었다.

오빠들은 있어도 나무나 하고 학교나 다니지 여자들 하는 일은 아무리 바빠도 절대 하지 않았다. 그리고 남자들은 공부깨나 해서 머릿속에 먹물 꽤나 든 사람들은 빙글빙글 놀고먹어도 누가 놈팽이라고 욕 한마디 안하고 도리어 극진히 공경하며 대접했다. 그때 우리 마을에서는 이런 일들이 철칙처럼 굳어져 있어 누가 항의할 생각조차도 못하고 그냥 자연스럽게 받아들여졌다.

게다가 나는 체구도 작고 몸이 무척 허약했다. 그래서인지 우리 집에서 내가 하는 일은 주로 봄이면 나물 캐고, 쑥 캐고, 불 때고, 집안 청소하고, 나락 밭에 가서 새 보고, 가을에는 마당에 널어놓은 곡식을 닭들이 헤집지 못하게 닭 보고, 아기 보고……. 사실 이런 일은 지금 생각해보니 일 중에서 가장 힘이 안 드는 일이였다. 그런데도 나는 이런 일들이 너무너무 하기 싫었다. 내가 하고 싶은 일은 공부였는데 공부는 못하게 하고, 보고 싶지도 않은 것을 보고 또 보고, 하고 싶지도 않는 일을 하고 또 하라고 했다.

그중에서 아기 보는 일이 가장 힘이 들었다. 그때 나는 나물 캐고 새 보고 닭 보는 일 뿐만 아니라 아기도 둘이나 업어 키웠다. 하나는 사촌조카 딸애이고 또 하나는 우리 일곱째 남동생이었다. 사촌조카 딸애는 아기가 예쁘기도 했지만 워낙 우람해서 힘이 들었고 내 남동생은 그 애는 태어나자마자 어머니가 젖이 아팠다. 그래서 아기가 젖을 먹지 못해서 배가 고파 늘 울기만 했다. 나는 이런 아기를 동냥젖을 얻어 먹이며 업고만 키웠다. 배고픈 아기는 몹시 울다가도 업어 주면 울음을 그쳤다.

지금처럼 우유나 다른 이유식이 있었다면 키우기가 좀 수월했을 것이다. 그런데 우유는 고사 간에 미음 쑤어 줄 쌀도 없었다. 배가 고파 자지러지게 우는 아기를 내 등에 업혀 주던 우리 아버지는 일부러 띠를 길게 해서 여러 겹 칭칭 붕대 감듯 동여맸다. 그렇게 하면 아기 배가 내 등에 납작 붙어서 배고픈 기가 좀 덜하다는 것이다. 그래서 그런지 아기는 내가 업으면 울기를 그치고 잠을 잤다.

나는 붕대 같이 칭칭 동여 맨 아기 띠 때문에 소화가 전혀 안 되었다. 그때부터 나는 위장병이 들어 지금도 이어지면서 소화제 없이는 하루도 살 수가 없다. 그 뿐만 아니라 허리까지 아파서 그 후로는 우리 아기든 남의 아기든 간에 한 번도 업어주질 못했다.

그래도 아기 업는 일은 아기가 좀 커서 밥도 먹고 스스로 걸어 다니면 끝이 난다. 그런데 나물 캐고 새 보는 일은 봄에서 보릿고개 그리고 초가을이 되면 연례행사처럼 이어지고 있었다. 정월 보름만 지나면 나물을 캐기 시작해서 보리가 한 뼘쯤 클 때까지 캐고 쑥도 청명이 되면서부터 망종까지 캤다.

정월 보름이 지나도 아직 겨울 추위가 남아 있는 때가 허다하다. 그런 날 나물을 캐기란 여간 추운 게 아니었다. 그것도 하루 이틀이 아니고 날이면 날마다 캐다 보면 손등이 가뭄에 논바닥 갈라지듯 짝짝 터서 삐죽삐죽 피가 나오면 몹시 쓰리고 아팠다.

그런 손으로 들밭에 나가 곰밤부리, 광대나물, 가시덤불, 싸리나물, 달래 등을 비 오는 날만 빼고는 날마다 캐 드렸다. 보리가 끊어질까 두려워 밭에 들어갈 수 없고 정월 보름부터 한 달 반쯤 이렇게 캐다 보면 보리가 자라서 마디가 생기며 나물도 너무 세서 먹을 수가 없다. 그때부터는 논두렁, 밭두렁이나 언덕 등에서 쑥이나 쑥부쟁이, 씀바귀 등을 캐 드렸다. 이제는 이런 것이 다 그립다.

2

그날도 나는 쑥 캘 바구니를 들고 밖으로 나왔다. 그리고 참나무에 기대서서 어디로 가야 쑥을 한 바구니 캐올지 점을 쳤다. 어디를 가도 쑥이 있을 것 같지 않았다. 마을 가까운 주변 들에는 나는 물론 마을 사람들이 이미

다 캐 버렸기 때문이다. 마을엔 흐르는 물이 없고 주로 천수답을 많이 짓는 우리 마을은 흉년도 반드시 오는 계절처럼 빠짐없이 돌아왔다. 그 덕분에 이른 봄에서 보릿고개를 넘을 때면 마을 사람들도 나처럼 나물이나 쑥을 캐어 삶을 이어가기 때문에 마을 주변 논둑이나 밭둑엔 쑥이 좀처럼 없었다.

생각다 못한 나는 강변들로 가기로 했다. 그곳은 평소에는 시냇물처럼 졸졸 흐르다가도 비만 오면 빗물이 넘쳐서 경작을 할 수 없는 곳이었다. 게다가 모래로만 이루어진 땅이라 풀 한 포기 나지 않고 참쑥이나 개쑥 따위가 군데군데 무리지어 나곤 했다. 강변 뜰은 마을에서 좀 떨어진 곳이라 나는 혹시 쑥이 있을지도 모른다는 생각을 했다.

그러나 가서 보니 그곳도 이미 캐 가버려 큰 쑥은 한 군데도 없었다. 그리고 캐 간 자리에 떡잎 같은 새 쑥이 뾰

족뾰족 돋아나고 있었다. 나는 손에 잡히지도 않는 어린 쑥을 한 잎 두 잎 캐 담았다. 아무리 풀잎이지만 이제 막 돋아난 새싹을 싹둑 잘라 캐내기가 미안해서 캘까 말까 망설이기도 했다. 지금 생각해 보니 그것은 어쩌면 미안하다기보다는 새싹 같은 쑥을 아무리 캐봤자 양은 불어나지도 않고 그나마 뜨뜻한 봄볕에 시들어 바구니 밑바닥도 가리지 못하기 때문에 핑계 삼아 그런 생각을 했는지도 모른다.

나는 쑥을 캐다 말고 냇가 곁에 축축한 모래땅을 깊이 파고 거기에 쑥을 묻었다. 그리고 바구니를 엎어 놓고 칼자루로 두드리면서 경을 읽었다. "광대 할매~ 광대 할매~ 내 쑥 많이 불어나게 해 주시옵소서." 나는 이런 행위를 언니들 따라 다니면서 배웠다.

언니들은 한 바구니도 못되는 나물을 나처럼 하고는 삘기를 뽑아 먹으며 시시덕거리고 놀다가 가서 나물을 파

내면 진짜로 나물이 바구니가 수북하게 불어났다. 지금 생각하니 나물이 축축한 땅 속에서 물기를 먹고 살아나서 양이 많아 보였는지도 모른다.

푸성귀는 씻어두면 생생하게 일어나듯이 그런 짓이 일종의 눈속임인데 그런 이치를 모르고 나는 진짜로 광대 할매가 나물을 불어나게 해 주는 줄로만 알았다. 그리고 쑥을 적게 캔 날은 곧장 그런 짓을 했다.

모래땅에 쑥을 묻은 나는 냇가 언덕으로 갔다. 아무리 생각해도 쑥을 더 캐야 할 것 같아서였다. 나는 시냇가 언덕 수풀을 이 잡듯 헤집으면서 쑥을 캐다가 삘기를 발견했다. 나는 나도 모르게 쑥 캐던 칼을 놓고 삘기를 뽑았다. 삘기는 껍질을 까서 알맹이를 먹으면 맛이 달착지근하고 쫄깃하니 맛이 제법이었다. 처음에는 몇 개만 뽑고 쑥을 캐려고 했는데 하나둘 뽑다 보니 한없이 뽑아졌다. 나는 정오의 사이렌 소리가 들려서야 삘기 뽑던 손을 멈추었다.

그제야 바구니를 보니 쑥은 한 줌도 없고 삘기만 몇 주먹쯤 쌓여 있었다. 나는 바구니에 삘기를 가지런히 추려서 저고리 옷고름에 꽁꽁 묶어서 매달았다. 그리고 다시 쑥을 캐는데 갑자기 주변이 너무 조용했다. 나는 무의식적으로 시냇가 저쪽 편을 바라봤다. 그런데 오전 내내 "이랴~!" 하시며 쟁기질을 하던 분도 보이지 않고 그렇게 우짖던 종달새도 자취를 감추었다.

사방을 둘러보니 인기척 하나 없고 한낮인데도 괴괴해서 알 수 없는 공포가 엄습해 왔다. 그 순간 나는 한낮에도 너무 조용하면 귀신이 나온다는 말이 떠올랐다. 그 생각이 나자마자 시냇가 물속에서 하얀 소복에 머리를 풀어 헤친 물귀신이 나타나는 것 같았다.

나는 환상 속에서 내 앞으로 다가오는 물귀신을 보고 기겁을 했다. 무서움이 극에 달한 나는 빨리 도망가고 싶었다. 몹시 다급한 마음에 옆에 있는 칼과 바구니만 가지고 뛰기 시작했다. 강변 뜰을 가로 질러 있는 힘을 다해 뛰는데도 꿈속에 걸음처럼 잘 가지지 않았다. 게다가 옷고름에 매달린 삘기까지 가슴을 이리 치고 저리 쳐서 뛰는 걸음을 방해했다. 나는 물귀신이 나를 잡아가려고 내 뒤를 바짝 따라오는 느낌이 들어서 더 황급히 뛰었다.

간신히 집에 도착한 나는 숨을 계속 헐떡이고 있으니 아버지가 깜짝 놀란 표정으로 물었다. 무슨 일이냐고. 나는 숨을 몰아쉬며 "물, 물귀신이 따라와서요!"라고 했다. 내 말을 들은 아버지는 너무 어이가 없다는 표정으로 쿡쿡 웃었다.

부엌에서 점심 설거지를 하던 어머니가 부엌문을 짚고 서서 이렇게 말했다. "어떤 귀신이 너 같은 울보를 잡아가겠냐. 뭐에 쓰려고. 귀신은 시끄러운 데서는 못산다. 게다가 고집은 어지간히 세야지. 귀신 아니라 저승사자도 너는 못 데려 갈거다." 어릴 때 나는 남이 시키는 일을 하지 않았다. 그래서 고집쟁이라 했고 걸핏하면 울기를 잘해 울보라고도 했다.

어머니는 텅 빈 쑥 바구니와 나를 번갈아 보더니 '오늘 점심은 삘기로 하라'고 했다. 그러곤 내일 먹을 쑥도 없네 하시는 거였다. 내일 먹을 쑥도 없다는 것은 날더러 당장 나가서 쑥을 또 캐라는 뜻이었다. 그렇게 말하는 우리 어머니의 얼굴은 무섭기가 짝이 없었다. 나는 어머니의 무서운 표정에서 또 다른 불호령이 떨어질 것 같아 잽싸게 쑥바구니를 들었다.

그때 아버지가 상당히 큰 목소리로 말했다. "아이 밥이나 먹여서 내보내지 그려~." 어머니의 화답이 들렸다. "누군 점심 먹은 줄 알아요? 굶기를 밥 먹듯 한 나도 이렇게 멀쩡하니 살아 있잖아요." 나는 어머니가 늘 굶기를 밥 먹듯 했는지 알지 못했고 얼굴이 봄만 되면 항상 누렇게 부어오르는 이유도 몰랐다.

나중에 살면서 그것이 부황기였다는 것을 알았다. 팔 남매, 자식들에게는 한술이라도 더 먹이려고 당신은 그렇게 굶었을까 하는 생각이 날 때마다 가슴이 아린다.

3

나는 어쩔 수 없이 바구니를 들고 밖으로 나왔다. 누가 시키는 일을 절대로 듣지 않던 나는 그래도 나물 캐고 쑥 캐는 일, 새 보고 닭 보는 일은 꼬박꼬박 했다. 나는 그런 일들이 하고 싶다거나 즐거운 적은 한 번도 없었다. 아니, 지긋지긋하게 하기 싫을 때가 수없이 있었다. 초봄에는 꽃샘추위에 손이 시리고 늦은 봄에는 논두렁 밭두렁에 뱀이나 구렁이들이 스르르 지나가면 소름이 돋는다.

언젠가는 논두렁에서 왼발을 논바닥에 딛고 오른발은 논두렁 위에 딛고 쑥을 캐는데 무엇이 왼발 등위로 떨어지는데 촉감이 물크덩했다. 나는 깜짝 놀라 봤더니 똬리를 틀고 있던 뱀이 내 왼발등에 떨어진 것이었다. 뱀도 놀랬는지 혀를 날름거리며 잽싸게 달아나고 있었다. 그후 나는 논두렁 밭두렁에 가 쑥 캐는 일이 더 겁이 났다.

밖으로 나온 나는 아침처럼 또 참나무에 기대 앉아 어디 가서 쑥을 캘 것인가 점을 쳤다. 오전에 모래밭에 묻어둔 쑥은 물귀신이 무서워서 도저히 그걸 파러 갈 수가 없었다. 나는 할 일 없이 참나무 밑에 쪼그리고 앉아 나물 캐는 칼로 땅바닥을 콕콕 파고 있었다. 그때 어디선가 어린 아이들의 노랫소리가 들렸다. "장다리 꽃밭에서 봄나비 한 쌍 너울너울 춤을 추는 봄나비 한 쌍~." 나는 왠지 그 노랫소리가 얄미웠다. 그래서 속으로 이렇게 두런거렸다. '아이구, 가시나들, 봄나비 한 쌍 좋아하네. 장다리 꽃밭에서 봄나비 안 놀아도 좋으니 요놈의 봄이나 안 왔으면 좋겠다.' 했다. 지금도 나는 매화꽃, 벚꽃들이 흐드러지게 피어도 이때만 되면 밖에 잘 나가지 않는다. 그리고 그렇게 좋아하는 산에도 잘 안 간다.

나는 그곳에 앉아 옷고름에 매달린 삘기를 까먹고 싶었다. 그러나 그 자리에서는 안 될 것 같았다. 어머니에게 들킬까 싶어서였다. 나는 마을 뒷동산으로 갔다. 그리고 삘기를 다 까먹었다. 나는 어릴 때부터 화가 나면 무엇이든 막 먹어대는 버릇이 있었다. 어머니가 점심 안 준 분풀이로 생솔가지를 뚝 꺾어서 겉껍질은 벗겨 버리고 속껍질만 이빨로 으득으득 긁어서 꼭꼭 씹어 먹었다.

그뿐이 아니었다. 띠 뿌리도 캐서 질근질근 씹기도 하고 남의 보리밭에 가서 깜부기 보리도 있는 대로 꺾어서 훑어 먹었다. 평소에도 이런 것들은 들에만 나오면 군것질 감으로 먹던 것이었다. 그런데 그날은 끼니 대신 먹었다. 배가 고파서 먹었다기보다는 홧김에 더 이것저것 먹어댔다.

나는 굶기를 자주 해서 한 끼 굶어도 배고픔을 잘 느끼지 못한다. 내가 자주 굶은 건 아욱하고 시앙잎 죽 때문이었다. 남들은 아욱하고 시앙잎 죽을 부드럽다고 잘 먹는데, 나는 왠지 사람이 코를 풀어서 쏜 것처럼 느릿해서 토할 것 같았다. 그래서 이 두 가지 죽을 쑤는 날은 으레 끼니를 굶었다. 끼니를 굶어도 밥 대신 물을 마시면서 한 시간쯤 지나면 시장기가 없어진다. 그래서 그런 죽 쑨 날은 으레 굶었다.

죽에도 궁합이 있고 계절이 있었다. 이른 봄에는 밭나물에다 쌀을 조금 넣고, 그리고 늦은 봄에는 쑥에다 쌀이나 차조를 넣고 그리고 초여름에는 아욱이나 시앙잎에다 쌀을 좀 넣고, 그리고 여름에는 밀가루죽, 꽁보리밥, 음력 칠월에는 통보리를 들들 갈아서 고구마순 넣고 끓이고 가을 서너 달은 밥을 먹는데, 그나마도 고구마밥, 무를 썰어 넣기도 하고 콩밥도 하는데 이런 잡곡이 쌀보다

반이나 더 되기 때문에 맛이 없었다.

겨울에는 팥에다 차조를 넣고 죽을 쑤고 더러는 콩나물죽도 쑤었다. 그래도 콩죽하고 메밀가루 죽 그리고 팥죽은 때 없이 언제든지 자주 쑤었다. 아이구, 이 죽, 저 죽, 지긋지긋한 놈의 죽. 나는 지금도 죽은커녕 누룽지도 잘 먹지 않는다.

나는 그날 캐 먹고 뽑아 먹고 꺾어 먹고 먹을 수 있는 것은 이것저것 입이 아프도록 먹었다. 그러다 보니 해가 정오에서 서쪽으로 상당히 기울어졌다. 쑥 캐야 한다는 생각이 들었다. '쑥은 반드시 캐야 되는데…….'라고 중얼거리며 오전에 모래밭에 묻어둔 쑥을 떠올렸다. 그러나 그곳은 가기 싫었다. 물귀신한테 잡혀가서 죽는 것보다는 아무래도 어머니의 꾸중이 더 나을 것 같았다. 나는 동쪽 길목의 신작로를 무연히 바라보았다. 신작로 가에는 쑥이 많이 있다는 것을 알고 있었다. 그래도 그곳

쑥은 캐지 않았다. 그것은 학생들이나 사람들이 많이 오가면서 오줌 싸고 침 뱉기 때문이었다.

그러나 그날은 어쩔 수 없었다. 가서 보니 내 생각대로 너풀너풀한 쑥이 많이 있었다. 쑥 한 바구니를 채운 나는 삼삼오오 짝을 지어 가는 학생들을 부러운 눈으로 바라봤다.

그때 한 아이가 나를 보더니 "아이~ 저 가시나 봐라~." 하고 킥킥거리며 웃었다. 다른 아이들도 덩달아 나를 보더니 그 애처럼 웃었다. 그렇지 않아도 나는 남들처럼 학교에 못가고 쑥만 캐는 신세가 한스러운데 학생들에게 비웃음을 당하니 비참하기 짝이 없었다. 나는 그 모멸스러운 순간을 어떻게 하지 못하고 있는 힘을 다해 악을 쓰며 울었다.

그때 바로 그 길 밑의 논에서 논갈이를 하던 작은아버지가 학생들에게 호통을 치셨다. 누가 쑥 캐는 아이를 건

들이냐고. 그 바람에 학생들은 금방 달아났다. 나는 작은
아버지의 따뜻한 역성에 감동을 받아 논갈이 하는 곳에
가서 흙덩이 사이를 하나하나 헤집으면서 까치밥을 주
워 먹었다. 그걸 본 작은아버지는 저 논둑에 찬밥이 좀
남았으니 가서 먹으라고 했다. 나는 작은아버지의 말이
떨어지기가 무섭게 무논으로 갔다. 손을 씻어야 밥을 먹
을 것 같아서였다.

손을 막 씻으려고 물속을 들여다보니 물속에 비치는
내 얼굴이며 입술이 깜부기 분말로 새까맸다. 나는 그때
학생들이 웃었던 이유를 알고 너무 창피해서 또 울었다.

나는 작은아버지가 먹다 남은 찬밥 반 그릇을 다 먹고
주전자 뚜껑을 열었다. 나는 그것이 물인 줄 알았는데 막
걸리였다. 나는 물 대신 막걸리를 한 잔 마시고 보리밭
언덕으로 갔다. 그리고 눈앞에 펼쳐진 보리밭을 무연히
바라봤다. 논 저편에 있는 보리밭은 벌써 이삭이 익어 황

금빛을 이루고 있었다.

　나는 속으로 그녀들에게 소리 없는 원망을 했다. '가시
나들, 다른 밭 보리보다 더 잘 되고 저렇게 일찍 잘 익는
데…….' 하고. 논 건너편 언덕 아래 있는 보리밭은 햇볕
이 잘 들어 나물 캐는데 춥지 않았다. 게다가 보리만 잘
되는 것이 아니라 좋은 나물도 많이 있었다. 그래서 그
근동 사람들은 주로 그 밭에 가서 나물을 캤다. 그런데
누구든지 나물을 캐면 보리도 서너 줌씩 베어 오곤 했다.
나도 예외는 아니었다.

　그런데 하루는 내 또래의 여자 아이들이 와서 자기네
밭에서 보리 베어 간다고 내 바구니를 빼앗아 엎어 놓고
발로 밟고 세 명이 달려들어 내 머리채를 잡고 흔들면서
한 번만 더 자기 밭에서 보리를 캐 가면 죽여 버릴 거라
고 엄포를 주었다. 나는 그때 일이 생각나자 모멸스러웠
던 그때의 감정이 되살아나 기분이 착잡했다. 나는 이 생

각 저 생각으로 한참을 앉아 있었는데, 밥과 술을 양껏

먹은 탓인지 스르르 눈이 감겼다.

전쟁의 소산물

일천구백오십 년 여름 어느 날, 내 나이 일곱 살 때 우리 집에는 피난민 일가족이 찾아들었다. 그들은 우리 집 작은방에서 여름 동안 거주했다. 그들은 남의 눈에 띄지 않으려고 그랬는지 밖에는 밤에만 나오고 낮에는 주로 방에 있었다. 그들 가족 중에는 길이라는 사내아이가 있었다. 그는 자기 식구들의 주의에도 아랑곳없이 걸핏하면 밖으로 뛰쳐나왔다. 철없는 그는 더운 여름날 방에만 있기가 답답했던 모양이었다. 그는 밖에 나오기만 하면 내가 소꿉장난하는 것을 묵묵히 쳐다보기도 하고 때로는 참견을 하기도 했다. 길이와 나는 그렇게 자주 놀다보니 어느새 서로 친해졌다.

길이 아빠와 우리 아버지는 같은 읍내에 있는 보통학교 동창이었고, 학창 시절부터 무척이나 친한 사이였다. 길이 아빠는 K읍 경찰서에 근무했는데, 6·25전쟁이 일어나서 대한민국이 후퇴할 때 따라갔던 것이다. 그리고 가족들 중 노모만 집에 계시게 하고 길이 엄마, 누나, 고모 이렇게 우리 집으로 왔던 것이다.

한 집에 사는 길이와 나는 눈만 뜨면 밖으로 나와 여러 가지 소꿉놀이를 하기도 하고 때로는 다투기도 했다. 길이는 이것저것 여러 가지 놀이를 하다가도 싫증이 나면 자기 아버지 마중을 나가기도 했다.

길이는 때때로 자기 엄마한테 빨리 집에 가서 아빠랑 할머니 보고 쌀밥에 고기랑 먹자고 했다. 그때 우리는 여름에는 쌀이 없고 주식이 주로 보리였는데 그들도 우리 와 같이 여름 내내 보리밥만 먹고 지냈다.

길이 엄마는 길이가 자기 집에 가자고 조를 때마다 이 렇게 말했다. 아버지가 우리를 데리러 온다고 했으니 조 금만 기다리라고, 그리고 눈깔사탕 많이 사가지고 온다 고도 했다.

길이는 자기 아버지 마중을 갈 때마다 나를 데리고 갔 다. 길이와 나는 시냇가 언덕까지 가서 기다리곤 했다. 시냇가는 우리 집에서 오리도 채 안 되는 곳이지만 여름 햇볕을 쪼아가며 걷기에는 무척이나 멀게 느껴지는 거 리였다. 그런 곳을 길이는 하루도 빠짐없이 가서 시냇가 언덕에 앉아 자기 아버지를 기다리곤 했다.

나는 날은 더운데 몇 시간이고 언덕에 앉아 있기가 참 으로 지루했다. 그래서 싫다고 하면 그는 나를 이렇게 달 래곤 했다. 자기 아버지가 눈깔사탕 사가지고 오면 자기

보다 나를 더 많이 준다고, 그 외에도 이것저것 자랑을 많이 했다. 자기 집에는 쌀밥에 고기도 있고 자기 식구들이 입는 옷까지도 낱낱이 들어 열거를 했다.

우리는 여름 내내 꽁보리밥도 부족해서 전전긍긍하고 먹을 밥도 별로 없었지만, 그런 길이네 진수성찬이 부럽지는 않았다. 더군다나 운동신경이 전혀 없는 나는 자전거나 재봉틀 따위는 더더욱 관심이 없었다. 그러나 홍갑사 진분홍 치마와 색동저고리라는 말에는 귀가 번쩍 뜨였다. 그것은 오래 전부터 내가 그렇게도 입어보고 싶었던 옷이었기 때문이었다. 나는 명절이 되어도 무명베 검정치마에 흰 저고리가 고작이었다. 다른 친구들이 연분홍 명주치마에 색동저고리를 입고 다니면 그게 그렇게 부러울 수가 없었다.

길이는 내가 홍갑사 진분홍 치마에 반응을 보이자 무척 좋아하는 표정이었다. 그는 자기 누나가 나만할 때 입었

192

던 홍갑사 진분홍 치마와 색동저고리를 가져다 줄 것이
니 자기하고 같이 다니자고 했다. 나는 그게 너무 좋아
서 그 후로는 길이를 꼭 따라다녔다.

그때 나는 길이와 같이 냇가 언덕에 앉아서도 길이 아
빠보다는 추석이 어서 오기를 기다렸다. 길이가 그 옷을
추석에 입을 수 있게끔 가져다준다고 해서였다. 나는 날
마다 추석이 오면 길이가 가져다 준 옷을 입고 친구들과
더불어 휘영한 달밤에 강강술래 하는 모습을 그려보았
다. 잠자리 속날개 같은 홍갑사 치맛자락이 발등에 닿을
듯 말 듯 살랑거리고 길고 찰랑한 옷고름을 하늘거리며
빙빙 도는 내 모습이 참으로 화려하고 아름다웠다. 생전
곱고 화사한 옷 한 번 입어 보지 못한 나는 그런 모습이
상상만으로도 한없이 즐거웠다. 그래서 혼자 공연히 싱
글거렸다.

자기 아버지를 기다리다 지친 길이는 무심코 나를 보더

니 너는 뭐가 좋아서 그렇게 웃느냐고 퉁명스럽게 물었다. 그는 아버지가 안 오니까 무척이나 짜증이 나는 모양이었다. 나는 길이의 물음에 곧이곧대로 대답하기 싫었다. 그래서 얼굴을 하늘로 향하고 빨리 추석이나 왔으면 좋겠다고 했다. 길이는 내 엉뚱한 대답이 이상하다는 듯 추석은 왜? 하고 다시 되물었다. 나는 남의 옷을 얻어 입을 처지이기는 하지만 길이 네가 가져다 준 옷을 입을 일을 생각하니 좋아서 그런다는 말을 절대로 하기 싫었다. 그때 나는 우리 집은 무엇이든지 남보다 부족한 게 한이었고, 남에게 옷을 얻어 입는 일이 몹시 창피스러웠다.

길이에게 속마음을 말하지 않은 나는 머리를 재빨리 굴려서 또 다른 말을 만들어냈다. 나는 길이의 물음에 그냥 쌀밥에 송편도 먹고 밤, 대추랑 먹는다고 했다. 길이는 내 말이 다 믿기지 않는 듯 의아한 표정으로 너희 집도 그런 거랑 있니? 했다. 나는 우리 집 뒤뜰에는 감나무와 밤나무가 있고, 앞뜰에는 대추나무와 앵두나무가 있으며 서쪽 뽕나무 밭에는 배와 능금나무, 복숭아도 있다고 했다.

나는 곰곰이 생각해가면서 우리 집에 있는 과일 나무를 모조리 찾아서 말을 했다. 자기 집에는 과일 나무가 하나도 없는 길이는 무척이나 부러워하는 표정이었다. 나는 길이가 나를 부러워하는 시선에 우월감을 느끼며 의기양양한 기분으로 어깨를 우쭐했다. 그리고 밤이 익어서 밤알이 빠지면 길이에게도 많이 준다고 했다.

길이는 내가 밤을 준다는 말에 하얀 이를 드러내고 가을 석류처럼 활짝 웃었다. 그 후 나는 나도 길이에게 무언가 줄 수 있다는 가진 자의 마음이 되어 그 앞에서 공연히 쩔쩔 맸던 가슴을 활짝 펴고 대등한 기분이 되어 활달하게 놀 수 있었다.

그날도 길이와 나는 아침도 먹기 전에 땅뺏기 놀이를

하고 있었다. 그때 길이 고모가 다른 때보다 좀 늦은 시각에 황급히 들어왔다. 그리고 길이 엄마한테 무슨 말인가를 열심히 했다. 길이 고모는 다 큰 처녀였고, 초저녁에 집을 나가면 언제나 새벽에 들어왔다. 그리고 먹고 자고 하는 누에처럼 하루 종일 잠만 잤다. 길이 엄마와 진종일 같이 있던 그녀는 말싸움을 자주 했다. 그때마다 그녀는 큰 소리로 이런 말을 했다.

"내가 나 혼자 출세하자고 이러우? 다 우리 오빠와 가족을 위해서 그쪽으로 협조하는 거지."

그날 오후 그들은 자기 집으로 갔다. 말은 가을이 오니까 이불이며 가을 옷을 가져온다고 했다. 그때 우리 아버지는 이런 말을 했다. "세상이 너무 어지러우니까 식구가 다 뭉쳐 다니지 말고 길이하고 길이 누나는 두고 어른들만 다녀오라."

그 말을 들은 길이는 누가 붙잡을 세라 자기 엄마보다

먼저 밖으로 달려 나갔다. 나는 그렇게 달려가는 길이를 불러 세워 놓고 신신당부를 했다. 다시 올 때는 홍갑사 치마와 색동저고리 가져오는 것을 잊지 말라고. 길이는 자기 집 가는 것이 얼마나 좋은지 연신 싱글벙글하면서 고개를 끄덕여 약속의 뜻을 표하고는 서둘러 떠났다.

그때까지만 해도 우리 마을은 잠잠했다. 어디서 총소리 한 번 나지 않기 때문에 전시라는 실감이 나지 않았다. 다만 어른들이 두 사람만 모여도 어디어디선가는 사람이 많이 죽어 나간다는 말들을 했다. 그리고 태풍의 눈 같은 조용한 공간에서 겁먹은 얼굴로 와들거렸다.

나는 길이가 떠난 다음 날부터 시냇가 언덕에 앉아 그가 오는가를 기다렸다. 그러나 길이는 해가 져도 오지 않았고 그 다음날도 또 다음날도 오지 않았다. 나는 매일같이 냇가 언덕에 앉아 길이가 넘어간 물무산 곧올재를 바라보면서 옛날이야기를 생각했다.

물무산 곧올재 밑에는 금실이 아주 좋은 부부가 살았는데, 어느 날 밤에 갑자기 부인이 병이 났다. 곧 숨이 넘어갈 듯 보대끼는 부인을 본 남편은 깜깜한 밤인데도 불구하고 산 넘어 읍내에 있는 약방으로 약을 지으러 갔다. 그는 가면서 곧 올게 하고 갔는데 그 길로 다시 오지 않았다. 남편을 기다리다 못한 부인은 산 위로 올라가 곧 온다고 하더니만, 곧 온다고 하더니만 하고 울다 지쳐 그대로 절명을 했다. 그 후 그 산에서는 물이 많이 나오는데 그 근동 사람들은 그것을 그 여인네의 원혼의 눈물이라고 했고, 그때부터 그 산 지명을 물무산 곧올재라 했다.

나는 그 이야기처럼 어쩌면 길이도 오지 않을지 모른다는 예감이 들기도 했다. 그러나 나는 그럴 리가 없다고 고개를 저었다. 그것은 내가 그에게 믿음이 그만큼 가서였다. 그는 무엇이든지 한다고 하면 꼭 하는 사람이었다. 그러나 밤알이 익어 얼굴을 내밀고 추석이 왔어도 종무소식이었다. 그해 추석, 나는 여느 때와 같이 무명베 검정 통치마를 입으면서 공연히 서러워서 눈물을 뚝뚝 떨어뜨렸다.

길이를 기다리는 일이 일과처럼 되어버린 나는 날씨가 제법 쌀쌀해졌어도 포기하지 않았다. 전처럼 냇가까지 가지는 않았지만 햇볕이 잘 드는 우리 집 담 밑에 앉아 혹시나 하는 마음으로 기다리곤 했다.

그날따라 잿빛 구름이 우울하게 흐르고, 사뭇 을씨년스럽기까지 한 날씨는 무어라고 표현하기 어려운 공포감을 몰고 왔다. 나는 날씨만큼이나 우울한 기분으로 담 밑에 쭈그리고 앉아 있는데, 어디선가 우리 아버지가 황급히 오시더니 나를 번쩍 들어 안으면서 말했다. 아가, 길이네 식구들이 모두 죽었단다. 그런 말을 하는 아버지의 목소리는 꽉 잠겨 있었고, 얼굴은 온통 눈물로 범벅

되어 있었다.

그 말을 들은 나는 세상이 툭 꺼진 기분이었다. 그는 항상 씩씩했고 나한테는 늘 너그럽고 다정했다. 나는 곱상한 옷 한번 입어보고 싶은 간절한 소원보다는 항상 다정하고 믿음직한 친구를 잃어버린 허탈감에 무어라 말할 수 없이 애석하고 애달팠다.

그 후로도 나는 담 밑에 쭈그리고 앉아 서편 들녘을 바라보며 길이가 껑충껑충 뛰어오는 환상에 젖기도 했다. 나는 참으로 오랜 세월 동안 길이의 죽음에 대해 인정하기 싫어했다. 그러나 세월 이기는 장사 없다고 했던가, 그렇게 무섭고 아픈 기억도 무디어지고 내 나이도 어느덧 열여섯 살이 되었다.

하루는 눈보라가 심하게 몰아치는데 길이 아빠라는 사람이 찾아왔다. 나는 무어라 말할 수 없이 놀랬다. 왜냐하면 그분은 이미 6·25전쟁 때 돌아가신 줄로 알고 있었기 때문이었다. 우리 아버지는 그동안 그분에 대한 사정을 다소 알고 계셨던 것 같은데 별로 좋은 일이 아니어서 그랬는지 전혀 말씀을 안 하셨다. 그러니 나나 우리 식구는 놀랄 수밖에 없었다.

그렇지 않아도 궂은 날씨에 우중충한 옷을 입고 하필이면 어둑어둑한 시각에 찾아와서 더욱 놀랐다. 아침에 오늘 귀한 손님이 오실 것이니 청소도 말끔히 하고 반찬에 신경을 좀 써라 하는 아버지의 말씀이 아니었더라면, 우리 식구는 모두 기겁을 했을지도 모른다.

그분의 입성이나 인상은 그만큼 험상궂었다. 저녁 수저를 놓은 그는 참담한 표정으로 앉아 있더니 한참만에야 입을 열었다. 그는 그 어려운 시절에도 자기 가족들을 돌봐주고 또 자기를 다른 사람처럼 피하지 않고 사람 대접을 해주어 고맙다고 했고, 우리 아버지는 한사람도 구해 주지 못해 면목이 없다고 고개를 숙였다.

나중에 들은 이야긴데 그때 난리가 나서 좌익이 득세할 때는 경찰 가족이 발붙일 곳이 없었고, 반대로 우익이 득세할 때는 좌익가족이 전전긍긍이었다고 했다. 사람이 이념이 좀 다르다고 죄 없는 동족을 그렇게 죽일 수 있는 건가. 사람의 인정으로서는 이해가 잘 안 갔다.

직업이 순사였던 그는 대한민국이 후퇴할 때 따라갔다가 진주해 와서 보니 집이 텅 비어 있었다. 수소문 끝에 가족이 다 죽었다는 것을 알았고, 그 장소에 가서 보니 한 구덩이 속에 다섯 식구가 창에 찔려 죽어 있었다. 그 장면을 본 순간 그는 혼절을 했고, 가까스로 일어났으나 거의 미쳐 있었다.

그는 그 즉시 순사직을 버리고 군대에 자원을 했다. 그리고 대한민국이 서울에서 평양까지 진주할 때 올라가면서 공산당이라고 생각되는 사람은 모두 총살시켰다. 복수를 하지 않고는 죽을 수도 없더라고 했다. 처음에는 증오심에 불타 총을 쏘았는데, 나중에는 파리 하나 잡는 일보다 더 쉽게 생각되고 하나씩 쏘아서 넘어지면 재미가 있더라고 했다.

그는 그 대목에서 말을 멈추고 긴 한숨을 푹 쉬면서 고개를 숙였다. 그리고 하는 말이 잘못은 처음부터 안 해야 한다고 했다. 한 번 하고 나면 두 번은 쉽고 세 번은 아주 자연스럽더라고 했다.

그는 스스로 이렇게 말했다. 자기가 가족을 지키지 못해 대가 끊겼으니 죽어서 저승에 가도 조상님 볼 면목도 없어 죽을 수도 없고, 살인을 너무 많이 했으니 세상을 볼 면목이 없어 살 수도 없다고 했다. 그도 울고 우리 식구도 그를 따라 퍽퍽 울었다. 그 인생의 여정은 동짓달 긴긴 밤 그것처럼 어둡고 추웠다.

전쟁이 멎고 세상이 조용해지자 혼자가 된 그는 밤마다 악몽에 시달렸다. 창에 찔려 죽은 가족들의 모습과 비명을 지르며 자기 손에 쓰러진 환영들이 밀려와 견딜 수가 없었다. 그런 일로 인해 그는 밤마다 불면증에 시달렸고 수면제를 복용했다. 그리고 눈만 뜨면 괴로움을 떨쳐 버리기 위해 술로 세월을 보냈다.

그는 결국 아편까지 손을 댔고, 생활은 바닥이 났다. 술주정뱅이와 아편 환자로 소문이 나니 전에 친했던 사람들도 그를 피하더라고 했다. 그는 하는 수없이 한 끼니 얻어먹기도 어려워 외지로 떠돌며 걸식을 했다. 그러나 그것으로는 아편 값이 부족했다. 그래서 절도 행위를 하다가 붙잡혀서 감옥신세를 졌다. 절도죄에다가 마약 복용죄를 겸해 삼 년 옥살이를 하면서 아편은 끊고 지금 형을 마치고 나오는 길이라고 했다.

나는 그분이 길이 아빠라고 생각되지 않았다. 그리고 혹시 잘못 찾아온 사람이 아닌가 했고 속으로 길이 아빠가 아니기를 은근히 바랐다. 내가 어릴 때 본 길이 아빠

하고는 너무도 다른 흉흉하고 괴이한 인상이었다.

고통과 증오심으로 불탔던 흔적, 한번 미쳐버렸던 정신착란증의 잔재, 인명을 수도 없이 살해했던 흉흉한 눈빛, 그래도 살려고 구걸했던 비굴한 모습, 남의 것을 훔치면서 두리번거렸을 습성, 어쩌다 본 성품이 한 번씩 일어나면 분노와 죄책감에 전율하는 처절한 몸부림, 세상에 대한 원망과 처참한 생애에 대한 비애감, 게다가 수년을 햇빛을 보지 못해 부성해진 얼굴, 누렇게 뜬 혈색, 참으로 무엇이라고 명명할 수 없는 모습이었다.

내가 보기에는 영락없이 각 고의 물질로만 뭉쳐진 하나의 험상이, 이것이 전쟁이 만든 지상 최대의 소산물이요 하고 세상을 누비는 것 같았다. 나는 너무도 처참하게 변해 버린 그 모습에서 전쟁의 궁극을 보았고, 전쟁의 목적이 저것이라면 세상은 또 싸울 것인가 하고 나도 모르게 탄식을 했다.

그 다음날 그분은 우리 집을 나섰다. 우리 아버지는 이제 방황은 끝내고 우리 집에서 살자고 했다. 그는 말은 고맙다고 하면서도 빨리 가서 자기 가족들 만나야 한다고 했다. 우리 식구는 또 한 번 놀랐다. 혹시 그분이 또 정신이상증세가 오는가 해서였다. 그분은 우리의 의혹을 헤아리기라도 하는 듯 다시 설명을 했다. 자기가 고향에 있을 때는 하루도 빠짐없이 가족들 묘에 갔었는데, 타관을 떠돌며 걸인이 된 후로는 한 번도 못 갔다고. 그때야 우리는 그 말뜻을 알았다. 그는 다시 말을 이었다.

"나는 내 가족이 묻혀 있는 곳이 내 집이여. 나는 그곳에 가면 우리 어머님과 아내, 그리고 자식들이 반겨 주거든. 그동안 나를 얼마나 기다렸는지 모르겠어. 어서 가서 만나보고 위로를 해주어야지."

그는 그런 말을 남기고는 자리에서 떠났다. 그렇지 않아도 키가 큰 사람이 두더지 같은 옷을 입고 양아치들

206

이 쓰는 모자를 꾹 눌러 쓴 그는 어디서 얻었는지 색이 다 바란 군화를 신고 약간 절름거리는 다리로 절뚝절뚝 걸어갔다. 나는 그런 모습이 너무나 불쌍해서 마음이 쓰리고 아렸다. 그 길은 전에 길이가 달려 나갔던 길이기도 했다.

가슴이 뭉클한 나는 문득 밤 생각이 났다. 제사 때 쓰려고 나무 청에 묻어둔 밤을 파서 나는 두 손에 모아 쥐고 뛰었다. 그리고 가는 그를 불러 세워 놓고 말했다. 이걸 가지고 가서 길이 묘에 차려 주라고, 그때서야 나는 길이와 색동저고리에 대한 말을 했다.

밤을 받아든 그는 나를 지긋이 바라보더니 내 나이를 물었다. 나는 내 나이를 말해주었고, 그는 자기 아들 길이가 살았다면 지금쯤 건강한 청년이 되었을 거라고 했다. 그렇게 말하는 그 눈에는 금방 눈물이 어리더니 주름진 얼굴 위로 흘러 내렸다.

그날따라 진눈개비가 심하게 몰아쳤다. 그는 목멘 소리로 말을 했다. "내가 안 죽고 살면 네 결혼할 때 색동저고리⋯⋯." 말을 더 잊지 못한 그는 고개를 푹 숙이고 돌아서더니 하늘이 한을 토하는 듯한 눈보라 속으로 휘청휘청 걸어갔다. 🐟